Timo Parvela

Ella und die 12 Heldentaten

Timo Parvela

Ella und die 12 Heldentaten

Aus dem Finnischen von
Anu und Nina Stohner
Mit Bildern von Sabine Wilharm

Carl Hanser Verlag

Batman hat einen sechsten Sinn

Ich heiße Ella. Ich gehe immer nur in die zweite Klasse, aber das macht nichts, weil wir einen sehr netten Lehrer haben und eine unheimlich nette Klasse sind. Oder jedenfalls waren wir's. In letzter Zeit ist es nämlich ein bisschen weniger nett bei uns. Es kommt daher, dass Mika dauernd schmollt.

Eigentlich ist das ja nichts Neues. Mika schmollt immer, wenn nicht alles so läuft, wie er es gern hätte. Und so läuft es eigentlich nie. Darum schmollt Mika auch ziemlich oft, und wir regen uns darüber nicht groß auf, weil Mika eben Mika ist. Er ist unser Schmoller, so wie Timo unser Klassengenie ist. Oder Tiina irgendwie die Normalste in unserer Klasse. Und Rambo der mit dem größten Dickkopf. Und Hanna die Praktischste von uns und Pekka der Speziellste.

Seit Neuestem schmollt Mika nur viel heftiger als früher. Und wir wissen sogar, warum. Es fing damit an, dass er uns von einem geheimen Batman-Treffen erzählte. Mika ist der größte Batman-Fan der Welt.

»Es gibt ein geheimes Batman-Treffen, und meine Mutter lässt mich nicht hin«, schluchzte er.

»Wie gemein!«, sagte ich.

»Total unfair!«, stimmte Hanna mir zu.

»Mütter sind doof«, knurrte der Rambo.

»Meine Mutter ist überhaupt nicht doof«, schluchzte Mika. »Meine Mutter ist die beste Mutter der Welt.«

»Ich dachte, sie lässt dich nicht zu dem Treffen«, sagte Tiina.

»Aber da kann sie ja nichts dafür«, schniefte Mika. »Sie weiß doch gar nichts davon.«

»Moment!«, mischte sich jetzt Timo ein. »Heißt das, du hast deiner Mutter gar nichts von dem Treffen erzählt, zu dem sie dich nicht gehen lässt?«

»Ich sag doch, es ist geheim«, schniefte Mika. »Dann kann man doch Müttern nichts davon erzählen.«

Da hatte Mika natürlich recht. Nachher hätten die Mütter noch mitkommen wollen. Dann wären wahrscheinlich die Batman-Umhänge schön sauber und geflickt gewesen, aber bestimmt hätten alle Batmans Mützen und Regenhosen anziehen müssen, und keiner hätte mit dem Batmobil durch die Gegend fetzen dürfen.

»*Wenn* sie davon wüsste – würde sie dich dann gehen lassen?«, fragte ich.

»Nein!«, schluchzte Mika.

»Und woher willst du das wissen, wenn du sie nicht fragst?«, fragte die praktische Hanna.

»Ich weiß es, weil Batman einen sechsten Sinn hat«, erklärte ihr Mika.

»Mein Vater hat auch einen sechsten Sinn«, sagte Pekka, der bis dahin still seine Hausaufgaben gemacht hatte.

Wir waren nicht mehr in der Schule, sondern an unserem geheimen Versammlungsort: in dem alten Bus, mit dem wir mal ein Rennen gegen ein Formel-1-Auto gewonnen hatten und der jetzt bei unserem Lehrer auf dem Hof stand.* Es war winterlich kalt, und mit Fäustlingen an den Händen leserlich zu schreiben war echt schwer, aber Pekka hatte seiner Mutter versprochen, die Hausaufgaben gleich nach der Schule zu machen. Pekkas Mutter ist gleichzeitig unsere Schuldirektorin, da hat er's manchmal nicht leicht.

»Und woran merkt man bei deinem Vater den sechsten Sinn?«, fragte ich, als Pekka nicht weiterredete.

»Daran, dass er schon Tage vorher spürt, dass ein Großputz ansteht«, sagte Pekka.

»Und dann drückt er sich?«, fragte Hanna.

»Er versucht's«, sagte Pekka. »Meine Mutter hat nur leider einen siebten Sinn und merkt schon Tage vorher, was er vorhat.«

Aber egal, wie es bei Pekka zu Hause war, Mikas Pro-

* Wie das war, kann man in »Ella und das große Rennen« nachlesen.

blem war echt nicht leicht zu lösen: Seine Mutter ließ ihn nicht zu einem geheimen Treffen, von dem sie nichts wusste und von dem Mütter auch nichts wissen durften, weil es sonst ja nicht mehr geheim gewesen wäre, also durfte er sie nicht mal fragen, ob er hindurfte, obwohl sie es ihm sowieso nicht erlaubt hätte.

»Ich hab eine Idee«, sagte Timo.

Wir fanden, darauf hatten wir auch lange genug gewartet.

»Mika muss als Mensch und als Batman seine Mitte finden«, erklärte er uns. »Er muss reifen und innerlich wachsen. Damit beweist er seiner Mutter, dass sie ihm vertrauen kann, und wenn sie ihm vertraut, lässt sie ihn auch zu dem Treffen.«

»Hört sich gut an«, sagte ich.

»Seine Mitte finden, was soll das heißen?«, fragte Tiina. »Meinst du, er soll Yoga machen oder so was?«

»Ich kann nicht so die Beine verknoten, das tut mir weh«, schluchzte Mika.

»Reifen – meinst du wie eine Pflaume oder so?«, fragte Hanna.

»Ich bin keine Pflaume!«, beschwerte sich Mika.

»Er soll erst mal äußerlich wachsen«, knurrte der Rambo. »Wenn er groß ist und Muckis hat, kann er alle umhauen, dann braucht er keine geheimen Treffen mehr.«

»Das klappt bei mir nie«, schniefte Mika. »Nicht mal der Kaktus auf meinem Fensterbrett ist gewachsen, und bloß, weil ich ihm kein Wasser gegeben hab.«

»Bei meinem Vater klappt das mit dem äußerlichen Wachsen immer noch«, sagte Pekka.

»Echt jetzt?«, wunderte ich mich.

»Ja. Gerade reichen ihm mal wieder die Löcher in seinem Gürtel nicht mehr«, erzählte Pekka.

Wir sahen Mika an und fanden ihn ganz schön mickrig. Das mit dem äußerlichen Wachsen würde in jedem Fall länger dauern. Und den Rest hatten wir sowieso nicht richtig verstanden.

Zum Glück erklärte uns Timo seine Idee noch mal genauer.

»Mika muss eine Persönlichkeit mit Selbstbewusstsein werden«, sagte er. »Dann ist er auch keine solche Heulsuse mehr.«

»Aha«, sagten wir.

»Und Selbstbewusstsein erwirbt man sich durch Heldentaten«, sagte Timo. »Mika muss zwölf Heldentaten vollbringen.«

»Ausgerechnet Mika?«, rutschte es mir heraus.

»Der berühmte Herkules hat zwölf Heldentaten vollbracht, um die Gunst der griechischen Götter zu erringen«, erklärte uns Timo. »Und genau das Gleiche muss Mika tun, um die Gunst seiner Mutter zu erringen.

Nach zwölf Heldentaten kann ihm kein Mensch mehr verbieten, zu dem Batman-Treffen zu gehen.«

»Nicht mal meine Mutter?«, wollte es Mika genau wissen.

»Wahrscheinlich nicht mal deine Mutter«, sagte Timo vorsichtig.

Endlich geht's mal ordentlich zur Sache

Das Buch hieß *Die zwölf Heldentaten des Herkules*, und Timo hatte es aus der Bücherei ausgeliehen. Es war ein schönes Buch, auf dessen Umschlag ein Muskelprotz mit einem Löwen kämpfte.

»Erst sollte Herkules nur zehn Taten vollbringen, aber am Ende wurden es doch zwölf«, erklärte uns Timo.

Wir nickten. Das kannten wir von zu Hause: Erst sollte man nur die Socken in den Wäschekorb werfen, und am Ende musste man noch den Spielkram aufsammeln, sein Bett machen und die Schulsachen für den nächsten Tag packen.

»Ich finde, ihr seht euch ein kleines bisschen ähnlich«, wollte Tiina was Nettes zu Mika sagen.

Es war aber echt ein sehr kleines bisschen. Der Herkules auf dem Umschlag war knackbraun, mit Muskeln bepackt, bärtig und nackt. Und Mika war blass und dünn, hatte nicht die Spur von einem Bart und war von oben bis unten angezogen. Er trug eine wattierte Winterhose, eine wattierte Jacke, zwei Paar Fäustlinge übereinander, einen zwei Meter langen Schal, einen

Batman-Umhang, eine Batman-Maske und eine dicke Mütze. Zusätzlich zu den Fäustlingen, die er anhatte, hatte ihm seine Mutter ein Ersatzpaar mit Sicherheitsnadeln an den Jackenärmeln befestigt. Vielleicht wurde Mika diesem Herkules ja ähnlicher, wenn er auch zwölf Heldentaten vollbracht hatte.

»Warum klammert der sich so komisch an dem Löwen fest?«, fragte Mika und zeigte mit dem Daumen seines Fäustlings auf das Bild.

Leider konnte man die Einzelheiten auf dem Bild jetzt nicht mehr so gut erkennen, weil es ganz nass war. An dem Daumen von dem Fäustling hatte Mika nämlich die ganze Zeit herumgelutscht.

»Dazu kommen wir gleich«, sagte Timo.

»Wozu jetzt?«, fragte Pekka.

»Zu Herkules' Heldentaten«, sagte Timo geduldig.

Wie sich herausstellte, hatte er schon das ganze Buch gelesen. Timo kann klasse lesen. Und er ist wahnsinnig klug. Während dieser Herkules nur wahnsinnig war, wenigstens zeitweise. Und als es ihm wieder besser ging, hat er seine Heldentaten vollbracht. In seinem Wahnsinn hatte er ein paar schreckliche Sachen angestellt, und die Heldentaten sollten auch eine Art Sühne sein. So hat es uns Timo erzählt.

»Aber *ich* hab doch nichts Schreckliches angestellt«, schluchzte Mika. »Ich will doch nur zum Batman-Treffen.«

»Die Geschichte ist ja auch nur eine Sage, eine Art Märchen«, versuchte ihn Timo zu beruhigen.

»Heißt das, dass es diesen Herkules gar nicht gegeben hat?«, wollte Hanna wissen.

»Das heißt, dass wir solche Geschichten nicht wörtlich nehmen müssen«, sagte Timo. »Für uns ist nur wichtig, was wir daraus lernen. Und in unserem Fall lernen wir daraus, dass es bei Mika ganz ähnlich ist wie bei Herkules: Er hat es sich auch mit jemand Höherem verdorben, nur eben nicht mit Göttern, sondern mit seiner Mutter, weil er ohne ihre Erlaubnis zum geheimen Batman-Treffen gehen will.«

»Will ich doch gar nicht«, schniefte Mika.

»Willst du doch. Du willst es dir nur nicht eingestehen«, sagte Timo, der sich manchmal echt anhört wie unser Lehrer.

»Aber wie kann er es sich mit seiner Mutter schon verdorben haben, wenn die noch gar nichts von dem Treffen weiß?«, fragte Tiina mit ihrem ganz normalen Verstand.

»Weil sie einen siebten Sinn hat«, vermutete Hanna. »Ich glaube, alle Mütter haben den.«

»Und für die Heldentaten muss er sich wirklich nackt ausziehen?«, fragte Pekka.

»Im Winter bestimmt nicht«, sagte ich.

»Wenn von mir einer verlangt, dass ich mich nackt ausziehe, hau ich ihn aus dem Hemd!«, knurrte der Rambo.

»Mir macht das nichts aus«, sagte Pekka und nestelte auch gleich an seiner Jacke herum. Aber da griff zum Glück Timo ein und hielt ihn zurück.

»Jetzt les ich euch erst mal vor, um was für Heldentaten es überhaupt geht«, sagte Timo.

Da spitzten wir alle die Ohren und saßen mucksmäuschenstill. Nur Mika zupfte nervös an seiner Batman-Maske herum, und an den Augen, die aus der Maske herausschauten, sah man, dass ihm die ganze Sache nicht geheuer war.

Dann begann Timo die Kapitelüberschriften aus dem Buch vorzulesen. Sie hießen:

1. *Die Erlegung des Nemeischen Löwen*
2. *Die Tötung der Hydra*
3. *Das Einfangen der Kerynitischen Hirschkuh*
4. *Das Einfangen des Erymanthischen Ebers*
5. *Das Ausmisten der Rinderställe des Augias*
6. *Das Verjagen der Stymphalischen Vögel*
7. *Das Einfangen des Kretischen Stiers*
8. *Die Zähmung der menschenfressenden Pferde des Diomedes*
9. *Der Raub des Gürtels der Amazonenkönigin Hippolyte*
10. *Der Raub der Rinder des Riesen Geryon*
11. *Das Pflücken der goldenen Äpfel der Hesperiden*
12. *Das Heraufbringen des Höllenhundes Kerberos an die Oberwelt*

Als Timo fertig war, mussten wir erst mal durchatmen. Ich fand, die Heldentaten hörten sich ziemlich kompliziert an. Und obwohl ich wusste, dass es zwölf waren, kam es mir vor, als wären es mehr.

Pekka war dann der Erste, der wieder was sagte.

»Hört sich einfach an«, behauptete er.

»Ich hätte nicht gedacht, dass es um so viele Tiere geht«, sagte ich.

»Und so viel ums Töten, Fangen und Rauben«, sagte Tiina.

»Endlich geht's mal ordentlich zur Sache!«, freute sich der Rambo.

»Einmal muss er aber auch nur aufräumen oder so«, hatte sich Hanna gemerkt.

»Das ist das Einzige, wovor ich ein bisschen Bammel hätte«, gab Pekka jetzt zu.

Dann wollten wir hören, was Mika zu sagen hatte. Schließlich sollte *er* ja die Heldentaten vollbringen. Er sagte aber nichts, und wenn er was gesagt hätte, hätten wir es nicht gehört, weil er schon viel zu weit weg war. Wir sahen ihn nur noch von hinten, wie er in einem Höllentempo nach Hause rannte. Wenn eine seiner Heldentaten ein Rekordlauf nach Hause gewesen wäre, hätte er sie jetzt schon abhaken können. Es war echt schade drum.

»Vielleicht braucht er ein bisschen mehr Zuspruch«, vermutete Hanna.

»Und Hilfe«, sagte ich.

»Dafür sind seine Freunde schließlich da«, sagte Tiina.

»Kenn ich die?«, fragte Pekka.

»Morgen geht's los«, sagte Timo und schlug sein Buch zu.

Brat ihm schon eins über!

»Der Nemeische Löwe war eine grausliche Bestie, und er hatte ein so dickes Fell, dass man ihn mit Speeren, Pfeilen und Schwertern nicht besiegen konnte. Darum hat Herkules ihm eins mit einer Keule übergebraten, und als er immer noch nicht genug hatte, hat er ihn mit bloßen Händen erwürgt.«

So erzählte uns Timo die erste Herkulesgeschichte, dann überreichte er Timo ein Nudelholz.

»Das gehört meiner Mutter, also mach's nicht kaputt!«, sagte er.

Mika sah in seinen Winterkleidern und mit der Batman-Maske kein bisschen wie der Herkules in dem Buch aus, und das Nudelholz änderte daran auch nicht viel. Trotzdem waren wir mächtig stolz, dass er es mit einer grauslichen Bestie aufnehmen wollte.

»Nanu, wollt ihr uns was backen?«, fragte der Lehrer, als er die Haustür aufmachte und uns sah.

Die Sache war die, dass wir keinen passenden Löwen für Mikas erste Heldentat hatten finden können. Bis nach Afrika ist es von uns aus zu weit, und es gibt auch keinen Zoo oder Zirkus in der Nähe. Zum Glück war dem schlauen Timo dann eingefallen, dass man das Haus unseres Lehrers auch als Höhle des Löwen bezeichnen könnte. Und jetzt hatte Mika auch noch das Glück, dass auf unser Klingeln der Löwe selbst an die Tür kam.

»Brat ihm schon eins über, sonst haut er noch ab!«, zischte der Rambo und schob Mika nach vorn.

»Gibt's ein Problem, Mika?«, fragte der Lehrer, der ein bisschen gestresst aussah. Im Hintergrund hörten wir das Baby der Lehrerfamilie weinen.

Noch gestresster als der Lehrer sah aber Mika aus, der kurz davor war loszuheulen. Auf der Türschwelle waren nämlich auch die zwei großen Hunde des Lehrers aufgetaucht, Koj und Ote, die eigentlich Halbkojoten sind. Sie hatten sonst nichts gegen Mika, aber jetzt, wo er sich mit beiden Händen an das Nudelholz klammerte, schauten sie ihn misstrauisch an.

»Ja, es gibt ein Problem«, schluchzte Mika.

»Ist es kaputt?«, fragte der Lehrer und beugte sich zu dem Nudelholz in Mikas Händen hinunter. Sein Kopf wäre genau auf der richtigen Höhe gewesen, aber Mika ließ sich die gute Gelegenheit entgehen. Und es kam sogar noch schlimmer: Er gab dem Lehrer das Nudelholz.

Wir anderen stöhnten vor Enttäuschung auf.

»Das rollt doch noch einwandfrei«, sagte der Lehrer, während er die Walze zwischen den Griffen drehte.

Und dann passierte was Unglaubliches:
Er haute sich das Nudelholz
selbst auf den Kopf!

»Auch das Holz – tadellos!«,
sagte der Lehrer und gab Mika das Nudelholz zurück.

»Und jetzt der zweite Teil!«, flüsterte ich Mika zu.

Aber der starrte nur ängstlich die Hunde an.

Der Lehrer sah jetzt so aus, als wollte er jeden Moment in seine Höhle fliehen. Jedenfalls hatte er ganz klar vor, die Tür zuzumachen. Es ging um jede Sekunde, also beschlossen wir, Mika zu helfen.

»Attacke!«, schrie der Rambo.

»Hurra!«, schrie ich.

»Auf ihn!«, schrie Hanna.

»In Zeus' Namen!«, schrie Timo, der uns später erklärte, dass so der griechische Obergott hieß, der Herkules' Vater war.

»Sieg!«, schrie Pekka.

Dann stürmten wir alle zusammen los, um den Löwen zu erwürgen. Es war nur dumm, dass der Löwe so groß war, dass wir ihm kaum über die Knie reichten. Der Rambo, Hanna und ich würgten das linke Knie des Lehrers, und Pekka, Timo und Tiina würgten das rechte. Das machten wir auch noch, als die Frau des Lehrers zur Tür kam.

»Für das, was ihr hier macht, gibt es sicher eine vernünftige Erklärung«, vermutete sie.

»Eher nicht«, sagte der Lehrer, der gerade versuchte, wenigstens sein linkes Bein frei zu bekommen.

Aber so einfach kam er uns nicht aus.

»Man hört zwar öfter von Kollegen, die sich Arbeit mit nach Hause nehmen, aber dass *du* jetzt auch noch damit anfängst«, wunderte sich die Frau des Lehrers, die eigentlich auch Lehrerin an unserer Schule ist, aber gerade in Elternzeit war.

»Es soll sogar welche geben, die irgendwann unter ihrer Arbeit zusammenbrechen«, ächzte der Lehrer, dem jetzt auch seine beiden Hunde zu schaffen machten. Die sind nämlich sehr verspielt und wollten auch ihren Spaß haben. Sie tobten um uns herum und schleckten uns abwechselnd die Ohren und die Nasen ab. Sie sprangen sogar hoch und versuchten es beim Lehrer.

»Man könnte neidisch werden«, sagte die Frau des Lehrers. »Viele Kollegen würden was drum geben, von ihren Schülern so geliebt zu werden.«

»Der Lehrer*seele* tut es allerdings besser als den Lehrer*beinen*«, stöhnte der Lehrer.

»Macht nur nicht mehr zu lange, das Essen wird kalt!«, sagte seine Frau und ging zurück ins Haus.

»Du wirst mich doch jetzt nicht allein lassen!«, rief ihr der Lehrer nach. »Ruf die Polizei, hörst du! Oder die Feuerwehr! Oder den Hundeflüsterer aus dem Fernsehen!«

Aber seine Frau machte gar nichts, und als wir das sahen, tat er uns leid, und wir ließen ihn los. Nachher brach er wirklich noch zusammen wie die Kollegen, von denen er gesprochen hatte. Wir wollten ihn ja auch nicht wirklich erwürgen. Schließlich lieben wir ihn, eben nur auf unsere Art, wo man's nicht immer so merkt.

Schade war nur, dass Mika nicht sehen konnte, wie toll seine erste Heldentat ausgegangen war. Auf der Treppe vor der Haustür lag nämlich nur noch das Nudelholz. Mika selbst war schon vor einer ganzen Weile abgehauen.

»Wenigstens einer von ihnen hat noch einen Funken Verstand«, sagte der Lehrer, als er mit dem Nudelholz ins Haus ging und die Tür abschloss.

»Und was erzähl ich jetzt meiner Mutter?«, jammerte Timo.

Wenn man sich überlegt, wie es Mika und Timo nach der ersten Heldentat ging, hat es dieser Herkules vielleicht doch ein bisschen einfacher gehabt. Aber klar, für den Anfang waren wir trotzdem zufrieden.

Timo schlug sein Buch auf, und wir sahen, dass es das Bild von Herkules mit dem Nemeischen Löwen auch noch mal innen drin gab. Timo malte ein dickes Kreuz über den Löwen und sagte: »Erledigt!«

Ein Schornstein und neun Köpfe

»Nur noch elf«, sagte Timo am nächsten Tag in der Schule.

»Was kam noch mal als Zweites?«, fragten wir.

Der Einzige, den das nicht zu interessieren schien, war Mika. Jedenfalls steckte er sich die Finger in die Ohren und summte das Batman-Lied, während Timo uns von Herkules' zweiter Heldentat erzählte. Komisch eigentlich, wo Mika doch derjenige war, der die Heldentat nachmachen sollte.

»Die Hydra lebte im Sumpf von Lerna und war ein furchtbares Ungeheuer, das alle in Angst und Schrecken versetzte. Sie hatte den Körper einer Schlange und neun Köpfe, und wenn man ihr einen davon abhackte, wuchsen ihr zwei neue nach. Bei der Hydra musste Herkules sein Neffe helfen: Er selbst hackte ihr die Köpfe mit dem Schwert ab, und sein Neffe versengte ihr mit Feuer die Hälse, damit nichts nachwachsen konnte.«

»Klasse«, sagte der Rambo.

»Klingt spannend«, fand Pekka.

»Die Frage ist nur, wo wir so eine Hydra finden«, sagte ich.

»Bis zu diesen Sümpfen ist es ganz bestimmt zu weit«, war sich Tiina sicher.

»Ein normales Ungeheuer ließe sich vielleicht noch finden, aber das mit den neun Köpfen wird schwierig«, sagte Hanna voraus.

Wir steckten eindeutig in Schwierigkeiten. Wenn wir kein neunköpfiges Schlangenungeheuer fanden, drohte Mika schon an der zweiten Heldentat zu scheitern. Und so was wuchs schließlich nicht auf den Bäumen. Und in der Schule schon mal gar nicht. Da waren wir nämlich gerade. Genau genommen standen wir auf dem Flur vor unserem Klassenzimmer und warteten, dass der Lehrer kam und die Tür aufschloss. Dann hörten wir jemanden.

»Weicht den Riesen der Bildung, elende Wichte!«

Wir wussten, wer das war, bevor wir ihn sahen. Herr Schlot war Vertretungslehrer in unserer Parallelklasse, der 2B. Er vertrat die Frau des Lehrers, solange sie zu Hause war und sich um das Baby kümmerte, und alle sagten nur der Schornstein zu ihm. Er war ein langer hagerer Mann mit einem dünnen schwarzen Schnurr-

bart und grünen Augen, die nie blinzelten. Zumindest kam es einem so vor, wenn er einen mit seinem stechenden Blick anschaute. Wir fanden immer, es war fast ein Schlangenblick.

»Ist euer Lehrer etwa noch nicht hier?«, fragte er mit seiner weichen, zischelnden Stimme. »Es hat doch schon vor drei Minuten geläutet. Na, meinetwegen. *Wir* sind schon mal in der Turnhalle, sagt ihm das, falls er die Schulversammlung vergessen hat!«

Dann schob er uns mit seinen langen knochigen Armen beiseite und führte die aus der 2B im Gänsemarsch an uns vorbei. Es waren genau neun. Sie streckten uns einer nach dem anderen die Zunge raus, und die zwei Letzten traten Mika auf die Zehen und zogen ihm die Batman-Maske über die Augen.

»Spitzenmäßig«, kicherte Timo.

»Findest du?«, wunderte ich mich.

Ich fand den Schornstein und seine Klasse nämlich überhaupt nicht spitzenmäßig. Der Schornstein wollte in allem besser sein als unser Lehrer, und manchmal kam es mir fast so vor, als wollte er ihn vergraulen, damit er unsere Klasse auch noch übernehmen konnte. Schon bei dem Gedanken schüttelte es mich. Er war hochnäsig und gemein, und alle, die in seine Klasse gingen, waren es inzwischen auch. Außerdem vertrat der Schornstein die komische Auffassung, dass Schulkinder ordentlich gekleidet und gekämmt zu sein hätten und sich unter keinen Umständen verkleiden dürften.

»Kapiert ihr's denn nicht?«, fragte Timo ungeduldig.

»Klar, kapieren wir's«, verteidigte uns Hanna.

»Aber hallo!«, sagte Tiina.

»*Ich* kapier nur, dass ich mir die Zungen von denen nicht noch mal angucke. Beim nächsten Mal gibt's was auf die Köpfe!«, knurrte der Rambo.

»Ganz deiner Meinung«, sagte Timo, der sonst nie seiner Meinung war, und wir anderen kapierten gar nichts mehr. Bis Timo es uns erklärte:

»Die Hydra hatte neun Köpfe, und der Schornstein hat neun Schüler. – Kapiert ihr's jetzt?«

Wir nickten. Wenn Timo was erklärt, klingt es immer ganz einfach.

»Macht zusammen achtzehn, stimmt's?«, sagte Hanna, die gut im Rechnen ist.

»Neunzehn, wenn man den Kopf vom Schornstein mitzählt«, sagte Tiina, die im Rechnen noch ein bisschen besser ist.

»Quatsch, es geht doch nicht ums Rechnen!«, sagte ich. »Timo meint, dass der Schornstein genauso schlimm ist wie die Hydra.«

»Dann war das Ungeheuer aus dem Sumpf also ein Lehrer?«, staunte Pekka.

»Jetzt versteh ich auch, wie es alle in Angst und Schrecken versetzen konnte«, sagte Hanna.

»Und was meint ihr, welche Klasse es unterrichtet hat? Die A oder die B?«, fragte ich.

»In jedem Fall die B«, sagte Timo. »Es war alles genau wie bei uns. Seht ihr, jetzt haben wir's: So wie die Hydra alle in Angst und Schrecken versetzt hat, versetzen der Schornstein und seine neunköpfige Klasse unsere Schule in Angst und Schrecken – und damit ist klar, was die nächste Heldentat sein muss!«

Timo ist echt ein Genie. Eben hatten wir noch tief in Schwierigkeiten gesteckt, und jetzt hatten wir wieder eine Aufgabe und ein Ziel. Oder eigentlich Mika, denn der musste die Heldentat ja vollbringen.

Jetzt gerade stand er aber noch da und hatte die Batman-Maske über den Augen und die Finger in den Ohren.

Und dann kam endlich der Lehrer.

»Wir müssen uns beeilen, wir sollten längst in der Turnhalle sein!«, begrüßte ihn Tiina.

»Beeilen, beeilen!«, sagte der Lehrer und wischte sich ein paar Kuchenkrümel aus den Mundwinkeln. »Wie ich die ewige Hetze hasse! Schon morgens hat man kaum noch Zeit für eine dritte Tasse Kaffee, wenn man sie nicht runterkippen und sich den Mund verbrennen will. Wenn man sich's überlegt, ist es ungeheuerlich …«

Auf dem ganzen Weg zur Turnhalle hörten wir den Lehrer solche Sachen vor sich hin murmeln. Dass wir Mika vergessen hatten, merkten wir gar nicht. Und er merkte es nicht, weil er nichts sah und nichts hörte.

Sauer und süß

In der bestuhlten Turnhalle war schon die ganze Schule versammelt, und der Grund dafür war, dass die Direktorin allen Schülern und Lehrern etwas Wichtiges mitzuteilen hatte. Sie stand vorne auf der kleinen Bühne, und schade war nur, dass wir den Anfang verpassten, weil die Direktorin nicht auf uns gewartet hatte.

»Ihr habt euch verspätet«, sagte die Direktorin zu unserem Lehrer.

»Ich bitte um Vergebung! Ich war so in die Betrachtung des prächtigen neuen Lehrplans vertieft, dass ich glatt die Zeit vergessen habe«, sagte der Lehrer.

»Als ich noch mit im Lehrerzimmer war, sah es mir eher so aus, als wäre der Kollege in die Betrachtung einer zweiten Zimtschnecke vertieft«, meldete sich da der Schornstein. »Dabei war es offensichtlich, dass es für jeden nur eine gab.«

»Über die Zimtschnecke hab ich nur nachgedacht, weil der Kollege so sauer dreingeschaut hat«, verteidigte sich der Lehrer. »Ich war mir sicher, dass er so sauer bestimmt nicht scharf auf was Süßes ist. Süß und sauer geht bekanntlich nicht gut zusammen, und wenn, dann höchstens beim Chinesen, zum Beispiel beim süßsauren Huhn.«

»*Ich* hatte die Zimtschnecken sogar mitgebracht!«, wehrte sich der Schornstein. »Da ist doch wohl klar, dass ich auch eine abhaben wollte! Es gehört sich nicht, zwei Zimtschnecken zu nehmen, wenn für jeden nur eine da ist – und dann auch noch eindeutig die zwei größten!«

Der Schornstein schaute Hilfe suchend zur Direktorin, die inzwischen die Hände vor der Brust verschränkt hatte und nervös mit der Fußspitze auf den Boden klopfte.

»War's das schon?«, fragte sie. »Schade! Ich bin mir sicher, alle hier hätten gern noch mehr über die spannende Zimtschneckenfrage gehört.«

Die Direktorin zeigte auf all die anderen Lehrer und Schüler, die schon brav auf ihren Plätzen saßen und sich nach uns umschauten. Wir standen nämlich immer noch am Eingang. Erst jetzt führte der Lehrer uns zu den letzten freien Plätzen. Es waren die direkt vor dem Schornstein und der 2B. Sonst saßen wir immer hinter ihnen.

»Gut, dann darf ich also weitermachen?«, fragte die Direktorin mit einem strengen Blick zu unserem Lehrer, der brav nickte und nur über die Schulter auf den Schornstein zeigte, damit die Direktorin sah, wer an der ganzen Sache schuld war. Man kann von unserem Lehrer wirklich viel lernen.

»Ihr anderen entschuldigt bitte, dass ich noch mal von vorne anfange!«, sagte die Direktorin

Weiter kam sie leider nicht, weil genau da der Hausmeister den weinenden Mika anbrachte.

»Den Batman hier hat jemand auf dem Flur vergessen«, sagte er.

»*Ich* würde niemals einen meiner Schüler auf dem Flur vergessen«, sagte der Schornstein.

Dabei zeigte er mit dem Finger auf unseren Lehrer, und die aus der 2B streckten uns wieder die Zunge raus.

Unser Lehrer sagte nichts. Er ging nur nach hinten und holte Mika, weil dem immer noch die Batman-Maske über die Augen hing und er nichts sah. Von seinem ganzen Gesicht schaute nur unten die Kinnspitze heraus, und von der tropften die Tränen. Das Gesicht des Lehrers sah man gut, und es war knallrot.

»Hätten wir's jetzt?«, fragte die Direktorin, die zwischendurch ein Gesicht gemacht hatte, als ginge sie die ganze Versammlung nichts mehr an.

»Alles klar«, grummelte der Lehrer.

»Fehlt nicht noch jemand?«, fragte die Direktorin. »Ich meine, wo wir schon Batman hier haben. Robin vielleicht? Oder der Joker? Sollten wir auf die nicht lieber auch noch warten?«

»Nicht nötig, nein«, versprach der Lehrer.

»Auch nicht auf Catwoman? Oder den Pinguin?«

Der Lehrer schüttelte den Kopf, und wir wunderten uns, wie gut sich die Direktorin mit Batman auskannte.

Jetzt seufzte sie und fing wieder von vorne an.

»Wie ich bereits sagte, wird unserer Schule eine unerwartete Ehre zuteil, indem nämlich unsere Präsidentin ...«

Es war echt ärgerlich, dass wir nicht erfuhren, welche Ehre unserer Schule zuteil werden sollte und was die Präsidentin damit zu tun hatte, aber genau da platzte ein Polizist herein.

»Stopp, keinen Schritt weiter!«, fuhr ihn die Direktorin mit einer Stimme an, dass er wie angewurzelt stehen blieb.

»Aber ich ...«

»Schweigen Sie, jetzt rede *ich!*«, sagte die Direktorin und lächelte dabei so eiskalt, dass es richtig gefährlich aussah.

Der Polizist, der schon die Hand am Funkgerät gehabt hatte, wartete jetzt doch lieber ab.

»Wie ich bereits sagte, wird unserer Schule die unerwartete Ehre zuteil, dass in zwei Wochen unsere Präsidentin zu Besuch kommt, und wir werden sie natürlich mit einem schönen und niveauvollen Programm begrüßen. So ein Besuch ist eine große Ehre, und alle, die dabei waren, werden sich noch nach Jahren und Jahrzehnten daran erinnern.«

Die Direktorin schaute über die Versammlung hinweg und am Ende auch zu dem Polizisten, der immer noch ein bisschen ängstlich aussah und ihr nur vorsichtig zunickte. Zu sagen traute er sich noch nichts.

Danach verteilte die Direktorin die Aufgaben: Die

Schüler der höheren Klassen durften ein Musikstück und einen Blumentanz vorbereiten. Die dritten und vierten Klassen sollten die Turnhalle schön dekorieren, und die Erstklässler durften der Präsidentin Blumen überreichen.

Blieben nur noch die Zweiten, also wir und die Klasse vom Schornstein.

»Ihr übernehmt die ehrenvollste Aufgabe von allen«, sagte die Direktorin feierlich. »Ihr bereitet eine Rede für die Präsidentin vor.«

»Wird erledigt«, sagte der Schornstein.

»Selbstverständlich«, versicherte der Lehrer.

»Und für euch hätte ich einen ganz speziellen Auftrag«, sagte die Direktorin und schaute dabei uns und unseren Lehrer an.

»Noch zusätzlich zu der Rede?«, vergewisserte sich der Lehrer.

»Da musst du was falsch verstanden haben. Darum kümmert sich der Kollege Schlot mit seiner Klasse. Dafür dürft *ihr* an dem Tag, an dem die Präsidentin kommt, einen Ausflug machen. Zum Recycling-Hof. Ich hab euch dort schon angemeldet.«

»Und warum ausgerechnet an dem Tag?«, wollte der Lehrer wissen.

»Denk mal drüber nach, vielleicht kommst du selbst drauf!«, sagte die Direktorin.

Ich glaube, der Lehrer hat auch drüber nachgedacht. Er hatte nur nicht viel Zeit dazu, weil sich genau da der Polizist meldete.

»Äh, dürfte ich jetzt schnell was sagen?«, fragte er vorsichtig.

»Bitte sehr!«, sagte die Direktorin freundlich.

»Ich bin nur gekommen, um Ihnen mitzuteilen, dass wir das Auto abgeschleppt haben.«

»Welches Auto denn?«, wunderte sich die Direktorin.

»Den roten Kombi, der das Tor zum Schulhof zugeparkt hat. Es hatte jemand angerufen, dass die Sicherheit der Schüler gefährdet ist«, erklärte der Polizist mit strenger Miene.

»Mein Auto!«, rief der Schornstein erschrocken. »Was haben Sie mit meinem Auto gemacht?«

»Abgeschleppt, wie ich schon sagte«, antwortete der Polizist. »Es steht im städtischen Depot für in Gewahrsam genommene Fahrzeuge, und Sie können es jederzeit auslösen, indem Sie die fällige Strafe für falsches Parken und die Abschleppkosten bezahlen.«

»Aber ich wollte es doch nur so lange stehen lassen, bis ich das Tablett mit den Zimtschnecken ins Lehrerzimmer getragen habe«, erklärte der Schornstein. »Ich hab's dann nur vergessen, weil wir schnell zu der Versammlung hier mussten.«

»Sagen Sie, wer hat Sie eigentlich angerufen?«, wollte die Direktorin von dem Polizisten wissen.

Der Polizist überlegte, dann sagte er: »Ich kann's nicht beschwören, aber die Person, die uns angerufen hat, hörte sich an, als hätte sie den Mund voll. – Wie auch immer, an der Tatsache, dass das Fahrzeug da nicht hingehört hat, ändert das nichts.«

Der Polizist legte den Finger an die Mütze und ging.

»*Ich* würde niemals mein Auto vor dem Schulhoftor vergessen«, sagte unser Lehrer, und wir streckten denen aus der 2B die Zunge raus.

Auf dem Weg ins Klassenzimmer gingen wir dann hinter ihnen, und wir mussten ein bisschen lachen, weil wir fanden, dass der Kopf vom Schornstein aussah, als käme gleich Rauch heraus.

Das lassen wir uns nicht gefallen!

»Das lassen wir uns nicht gefallen!«, sagte der Lehrer und haute mit der Faust auf den Tisch. »Wir lassen uns nicht irgendwohin abschieben, wenn die Präsidentin unseres Landes zu Besuch kommt. Sie soll unsere Schule von der besten Seite sehen, und das wird sie auch!«

Wir hatten unseren Lehrer selten so wild entschlossen erlebt. Jetzt schaute er mit liebevollem Blick von einem zum anderen. Pekka popelte in der Nase, der Rambo verschränkte wütend die Arme vor der Brust, Tiina betrachtete sich in ihrem Taschenspiegel, Hanna räumte ihr Mäppchen auf, ich machte Notizen, Timo las in seinem Herkulesbuch, und Mika jammerte, weil seine Maske so ausgeleiert war, dass die Augenlöcher an der falschen Stelle saßen.

»Von der besten Seite, jawohl«, sagte der Lehrer, und wir waren ganz seiner Meinung. Wenn die Präsidentin zu Besuch kam, war das Beste gerade gut genug für sie. Und das Beste an unserer Schule waren eindeutig unser Lehrer und wir.

»Ihr habt gehört, was die Direktorin gesagt hat«, fuhr der Lehrer fort. »An den Besuch sollen sich alle, die dabei waren, noch in Jahren und Jahrzehnten erinnern. Und darum werden wir einen Auftritt hinlegen, an den man sich hundertprozentig erinnern wird.«

Damit waren wir natürlich einverstanden. Wir wunderten uns nur, wie wir vor der Präsidentin auftreten sollten, wenn wir am selben Tag einen Ausflug zum Recycling-Hof machten.

Aber wir hatten Vertrauen zu unserem Lehrer. Er betonte ja selbst immer, wie kreativ und genial man in seinem Beruf sein musste, da würde ihm auch diesmal das Richtige einfallen. Wir sagten ihm also, dass er auf uns zählen konnte, und dann futterten wir die Zimtschnecken, die er aus dem Lehrerzimmer gemopst hatte. Obwohl wir den Schornstein echt nicht mochten, schmeckten sie lecker.

»Denen werde ich zeigen, dass man mich nicht so einfach aufs Nebengleis schiebt«, hörten wir den Lehrer leise schimpfen, dann ging er plötzlich aus dem Klassenzimmer.

Als wir unter uns waren, versammelten wir uns um Timo und hielten eine Besprechung ab.

»Wie sieht's jetzt aus? Haben wir das neunköpfige Monster besiegt oder nicht?«, wollte ich wissen.

»Könnte man so sehen«, sagte Timo ein bisschen ausweichend. »Dem Schornstein raucht der Kopf, und von den neun frechen Zungen hat man zum Schluss auch nichts mehr gesehen. Aber man muss natürlich zugeben, dass uns der Lehrer mit seinem Anruf bei der Polizei ziemlich geholfen hat.«

»Woher willst du wissen, dass *er* das war?«, fragte Tiina.

»Ich schließe es daraus, dass der Schornstein sein Auto ziemlich genau dort abgestellt hatte, wo sonst unser Lehrer sein Fahrrad hinstellt«, erklärte uns Timo.

»Klingt logisch«, sagte ich.

»Und was heißt das jetzt für die Heldentat?«, wollte Hanna wissen.

»Dass sie nicht zählt, weil uns der Lehrer geholfen hat«, verkündete Timo.

»Na toll! Das heißt dann ja wohl, dass ich mir das Wachsen abschminken kann und das geheime Batman-Treffen gleich auch!«

Mika heulte wie ein Schlosshund und sah tatsächlich eher wie jemand aus, der schrumpfte.

»Jetzt nimm's nicht so schwer! Es ist noch nichts verloren«, versuchte ihn Timo zu trösten. »Herkules ist genau dasselbe passiert. Weil ihm sein Neffe geholfen hatte, hat das mit der Hydra auch nicht gezählt.«

»Du meinst, wir können mit der dritten Heldentat weitermachen, obwohl die zweite schiefgegangen ist?«, fragte Tiina zur Sicherheit.

»Logisch«, sagte Timo.

»Klasse, dann geht's also gleich wieder zur Sache!«, freute sich der Rambo, den man, seit das mit den Heldentaten angefangen hatte, kaum noch wiedererkannte. Sonst hatte er nämlich immer was zu motzen.

Wir mussten natürlich ein bisschen warten, weil Timo erst nachlesen musste, was die dritte Heldentat war. Wir waren alle gespannt, um was für eine Kreatur es diesmal ging. Das heißt alle außer Pekka, der gespannter war, was es nachher in der Schulkantine zu essen gab.

»Da haben wir's«, sagte Timo und zeigte auf ein Bild von Herkules, wie er eine Hirschkuh über den Schultern trug.

»Schönes Tier!«, sagte Hanna.

»Es ist die Kerynitische Hirschkuh«, erklärte uns Timo. »Sie gehörte der Jagdgöttin Artemis und war ihr abgehauen. Die Hirschkuh konnte schneller rennen, als ein Pfeil fliegt, darum hieß es, dass niemand sie wieder einfangen kann.«

»Und wie hat Herkules es dann doch geschafft?«, fragte Mika, der sich wieder einigermaßen gefangen hatte.

»Er ist ihr nachgerannt, bis sie müde war«, erzählte Timo. »Ein ganzes Jahr lang hat das gedauert, aber dann hatte er's geschafft und sie erwischt.«

»Klingt einfach«, sagte Pekka.

»Und ganz schön lahm«, knurrte der Rambo, der anscheinend einen kleinen Rückfall hatte.

»Ein Jahr ist lang, und Mikas Treffen ist bestimmt vorher«, sagte Hanna mit ihrem Sinn fürs Praktische.

Timo schloss das Buch, und im Klassenzimmer wurde es so still, dass man die Uhr an der Wand ticken hörte. Irgendwo spielte jemand Klavier, und von hinter der Schule kam das leise Brummen des kleinen Traktors, mit dem der Hausmeister manchmal durch die Gegend fährt. Einmal hörten wir auch Schritte auf dem Flur, aber bei uns in der Klasse blieb es still. Sosehr wir uns auch die Köpfe zerbrachen, es fiel uns einfach nicht ein, wo wir eine Hirschkuh hernehmen sollten. Oder wenigstens eine Ziege. Timo meinte nämlich, die könnten wir auch gelten lassen. Oder ein flinkes Meerschweinchen. Aber nicht mal das hatten wir.

Als dann die Tür aufflog und der Lehrer hereingesprungen kam, fuhren wir vor Schreck zusammen. Er klatschte in die Hände und war ganz aus dem Häuschen. Wo immer er gewesen war, es hatte sich offenbar gelohnt.

»Es gibt nichts Gutes, außer man tut es«, sagte er mit leuchtenden Augen.

Und wir ließen uns von seiner Begeisterung anstecken. Es gibt nichts Gutes, außer man tut es – wie recht er damit hatte!

»Anders ausgedrückt: Der Weg ist das Ziel, und aller Anfang ist schwer!«, sagte Timo, der sich mit Sprichwörtern fast genauso gut auskennt wie der Lehrer.

Welches Tier ist das?

Es gibt nichts Gutes, außer man tut es. Wie richtig das war, sahen wir schon, als wir am nächsten Morgen in die Schule kamen. Da kam der Lehrer nämlich nicht allein wie sonst, sondern er hatte Anna dabei. Anna ist sein anderes Kind, das die Lehrerfamilie schon vor dem Baby hatte, das ein Junge ist und Otso heißt.

»Meine Frau ist mit Otso beim Kinderarzt, und Anna lernt heute die ersten zwei Stunden mit uns«, erklärte uns der Lehrer.

Das fanden wir witzig, vor allem Pekka, der sich freute, weil er endlich mal nicht der Einzige in der Klasse war, der das Einmaleins noch nicht konnte. Anna war allerdings auch viel jünger als er, noch nicht mal zwei. Trotzdem fanden wir anderen es ziemlich komisch, dass es ausgerechnet die Kinder der Direktorin und des Lehrers waren, die noch nicht wussten, was sechs mal sechs ist.

»Am Fuße des Leuchtturms sitzen die Schusterkinder«, sagte Timo, der zu fast allem ein Sprichwort kennt.

Ich selbst überlegte mir, was so ein kleines Mädchen

wohl überhaupt in der Schule lernen konnte. Vielleicht giggeln und kichern?

In der ersten Stunde hatten wir Sachkunde. Weil Anna keinen eigenen Tisch hatte, durfte sie auf meinem Schoß sitzen. Sie patschte die ganze Zeit mit den Händen auf den Tisch und wollte mitmachen, obwohl sie nicht nur beim Einmaleins große Lücken hatte.

»Welches Tier ist das?«, fragte der Lehrer und zeigte auf ein Bild im Sachkundebuch.

»Kacka«, schlug Anna vor.

»Sind alle der gleichen Meinung?«, fragte der Lehrer.

»Natürlich nicht. Das ist ein Fuchs«, stellte Timo klar.

»Kacka«, widersprach ihm Anna, die sich ihrer Sache offenbar sicher war.

»Es ist ein Fuchs, glaub mir«, sagte der Lehrer. »Und was frisst der Fuchs?«

Wir warteten gespannt auf Annas Antwort, aber sie schien mehr am Inhalt meines Mäppchens interessiert zu sein.

»Hasen und andere Nagetiere«, antwortete Hanna.

»Gut«, lobte sie der Lehrer und ging zur Tafel, um etwas anzuschreiben.

»Wusstet ihr, dass der Fuchs das am weitesten verbreitete Raubtier zu Lande ist?«, fragte er mit dem Rücken zur Klasse. »Er kommt vom eisigen Norden bis ...«

Der Lehrer verstummte, weil er merkte, dass ihm niemand zuhörte. Anna war nämlich von meinem Schoß gerutscht und wackelte auf den Rucksack des Rambos zu. An dem Rucksack hing so ein Glitzerding, damit man im Dunkeln nicht überfahren wird, und alle wissen, dass es der Rambo gar nicht mag, wenn man sich an seinen Sachen vergreift. Der Lehrer weiß das natürlich auch, aber bevor er Anna warnen konnte, hatte sie das Glitzerding schon in der Hand. Für einen Augenblick blieb in unserem Klassenzimmer die Zeit stehen, und man hörte, wie alle geräuschvoll Luft holten. Nur der Rambo holte nicht geräuschvoll Luft. Er lächelte freundlich und beugte sich hinunter, um das Glitzerding von seinem Rucksack abzumachen, damit es die kleine Anna genauer untersuchen konnte.

»Du darfst es behalten«, sagte der Rambo leise, und man hörte alle außer ihm wieder geräuschvoll ausatmen. Der Rambo hatte gestern einen kleinen Rückfall gehabt, aber er hatte sich ganz eindeutig verändert.

»Könnten wir uns jetzt wieder auf den Fuchs konzentrieren?«, erkundigte sich der Lehrer.

Das konnten wir leider nicht, weil Anna schon wieder was Neues entdeckt hatte, was sie interessierte. Sie stand jetzt neben Mika und starrte ihn an. Die Kleine war ganz schön flink auf den Beinen, das fanden alle.

»Fuchs«, sagte Anna und zeigte auf Mikas Maske.

»Bin ich *nicht*«, ärgerte sich Mika.

Aber wir mussten trotzdem lachen, weil Anna nämlich recht hatte. Mikas ausgeleierte Maske sah wirklich eher einer Fuchs- als einer Fledermausmaske ähnlich.

»Haben!«, sagte Anna und zeigte wieder darauf.

»Nein«, sagte Mika.

»Haben!«, sagte Anna laut.

»Verschwinde, Catwindel, Batmans Maske kann nur Batman haben!«, sagte Mika fast genauso laut. Aber man merkte schon, dass ihm gleich die Tränen kamen. Er ist wirklich eine alte Heulsuse.

»Kacka!«, sagte Anna und rannte zu ihrem Vater.

»Das darf sie nicht zu mir sagen«, schniefte Mika.

»Kacka!«, sagte jetzt auch der Lehrer und hob die Kleine hoch.

»*Niemand* darf das zu mir sagen!«, schluchzte Mika.

»Ich muss ihr schnell die Windel wechseln«, sagte der Lehrer. »Seht euch solange bitte die Fragen zum Fuchs im Arbeitsbuch an!«

Dann ging er mit Anna aus der Klasse.

Aber wir hatten gerade erst die richtige Seite gefunden, als er schon wieder zurückkam. Das Flinke hatte Anna eindeutig von ihrem Vater. Allerdings kam sie nicht mit ihm zurück. Der Lehrer hatte nur eine volle Windel und eine Puderdose dabei.

»Ist Anna hier bei euch?«, fragte der Lehrer.

Gerade hatten wir noch über die volle Windel geschmunzelt, aber jetzt nicht mehr.

»Ich hatte sie nur kurz abgestellt, um eine frische Windel aus der Packung zu holen, da war sie auch schon weg«, erzählte der Lehrer.

Irgendwie wunderte uns das überhaupt nicht. Schon das erste Mal, als wir Anna getroffen hatten, war sie plötzlich wie vom Erdboden verschluckt gewesen, und wir hatten sie erst nach langem Suchen im Akkordeonkoffer des Lehrers gefunden. Bei einer Schulnacht war das, und damals konnte sie gerade erst krabbeln!*

Wir gingen Anna natürlich gleich suchen. Da der

* Wen interessiert, wie das genau war: Es steht in »Ella in der zweiten Klasse«.

Lehrer sein Akkordeon nicht dabeihatte, musste sie sich ein neues Versteck gesucht haben. Wir teilten uns so auf, dass der Lehrer in die eine und wir in die andere Richtung gingen.

Die Köchin in der Schulküche erzählte uns, sie hätte ein Kichern gehört, aber angenommen, dass sie es sich nur einbildet. Bei den Sachen, aus denen sie Essen kochen müsse, kämen manchmal Dämpfe aus den Töpfen, dass sie sogar Stimmen höre.

»Das kommt davon, wenn man pro Schüler gerade mal einen Euro zur Verfügung hat«, schimpfte sie. »Die Fisch-Nuggets heute sind zum Beispiel aus dem Grießbrei von gestern. Dafür darf dann jeder so viel nehmen, wie er will.«

»Lecker! Darf ich schon probieren?«, fragte Pekka, aber die Köchin erlaubte es nicht.

Als Nächstes trafen wir eine Putzfrau, die was von kleinen Fußabdrücken in der Turnhalle erzählte.

»Ich dachte aber eher an ein Äffchen«, sagte sie und putzte weiter.

Die Putzfrauen an unserer Schule sind so leicht nicht aus der Ruhe zu bringen.

Der Hausmeister behauptete dann, er hätte was über den Flur flitzen sehen.

»Dann war das ein Kind?«, sagte er und kratzte sich am Kopf. »Doch, könnte sein. Ich hatte gleich das Gefühl, so was schon mal gesehen zu haben.«

Unser Hausmeister hat es nicht so mit Kindern, aber im Tische-und-Stühle-Reparieren ist er ein Ass.

Die Direktorin war die Nächste, die wir nach Anna fragten, und tatsächlich hatte sie vor der Tür zu ihrem Zimmer ein Kackwürstchen gefunden.

»Aha«, sagte sie. »Dann muss ich vielleicht doch nicht die ganze Schule nachsitzen lassen.«

Der Meinung waren wir natürlich auch.

»Trotzdem wäre es mir recht, wenn man sie bald einfangen könnte!«, sagte die Direktorin streng. »Ich mache eine Durchsage, dass alle mitsuchen sollen.«

Die Direktorin hatte gut reden. Das Kind des Lehrers war schnell wie der Blitz. Dagegen war sogar die Kerynitische Hirschkuh oder wie sie hieß so langsam wie ein Omnibus im Stau.

»Und? Habt ihr sie gefunden?«, keuchte der Lehrer, als er uns vor dem Lehrerzimmer entgegenkam.

Er war einmal um die ganze Schule herumgerannt und noch vollkommen aus der Puste. Er machte sich Sorgen, das sah man ihm an. Wir aber auch. Die Direktorin hatte inzwischen die Durchsage gemacht, und die ganze Schule war auf den Beinen. Es wurden sämtliche Klassenzimmer abgesucht, in alle Schränke und in jeden Winkel geschaut, aber von Anna keine Spur.

»Ich hab auch bei der Polizei angerufen«, berichtete die Direktorin. »Sie fragen die Anwohner und suchen die Umgebung ab.« Dann legte sie dem Lehrer die Hand auf die Schulter und sagte: »Wir werden sie schon finden. Weit kann sie ja nicht gekommen sein.«

Der Lehrer nickte schwach und machte sich wieder auf die Suche. Die Direktorin ging auf den Hof, um zu hören, was die Polizisten sagten, und wir hielten eine Blitzbesprechung ab.

»Anna ist klein, aber oho, und wie heißt es so schön: Kleinvieh macht auch Mist«, sagte Timo.

»Letztes Mal hat sie im Akkordeonkoffer gesteckt«, erinnerte uns Hanna.

»Sie ist eindeutig musikalisch, genau wie ihr Vater«, schloss Tiina daraus.

»Und flink«, sagte Pekka.

»Zum Glück hat sie das Glitzerding«, sagte der Rambo. »Ich meine, falls es dunkel wird.«

Da hatte er recht. Es war gut, dass man sie auch im Dunkeln sehen konnte.

Und dann sagte Mika was. Er sagte: »Ich weiß einen Platz, wo noch niemand gesucht hat.«

Wir drehten uns alle zu ihm um und starrten ihn ungläubig an. Oder das, was von ihm zu sehen war. Die ausgeleierte Batman-Maske hing ihm nämlich so komisch übers Gesicht, dass man gerade noch das eine Auge in einem der Augenlöcher und unten das Kinn sehen konnte. Am Kinn hing ein Tropfen, der entweder Schweiß oder eine Träne war, aber wahrscheinlich Schweiß, weil ihm seine ängstliche Mutter auch für drinnen immer dicke Wintersachen anzieht.

»Aber *ihr* bleibt hier!«, sagte er. »Keiner kommt Batman nach!«

Dann rannte er mit wehendem Umhang davon. Wir folgten ihm natürlich trotzdem und staunten nicht schlecht, als er ausgerechnet ins Zimmer der Direktorin rannte.

Das Zimmer der Direktorin ist schön, aber auch ein bisschen unheimlich. In der Mitte steht ein großer dunkler Schreibtisch und davor der Stuhl, auf dem man sitzen muss, wenn man was falsch gemacht hat. Pekka sitzt da ziemlich oft, obwohl die Direktorin seine Mutter ist. Oder vielleicht gerade deshalb. An der Wand hängen unsere Stundenpläne, und es gibt ein ganzes Regal voller Ordner, in denen wahrscheinlich lauter Geheimsachen drinstehen. In der hintersten Ecke steht die große Birkenfeige, in die Hanna sich in derselben Schulnacht übergeben musste, in der wir Anna zum ersten Mal gesucht hatten.

Mika ging zielstrebig auf die Pflanze zu und schob die Blätter beiseite. Wir anderen schauten ihm dabei vorsichtig über die Schulter, und da sahen wir Anna, die zusammengerollt in der kleinen Höhle hinter der Birkenfeige lag und schlief. Ihre Hände umklammerten das Glitzerding, das ihr der Rambo geschenkt hatte.

Und dann bemerkte uns Mika und fing an zu weinen, weil es angeblich unfair war, dass Batman nicht auch mal allein sein durfte. Er weinte auch noch, als Timo den Lehrer holen ging, und beruhigte sich erst, als wir anderen hinter der Pflanze auch noch eine Wolldecke, einen Stapel Comic-Hefte und ein halb volles Päckchen Kekse fanden.

»Wahrscheinlich hat Anna die Kekse irgendwo gefunden und hierher geschleppt«, sagte Mika.

»Woher hast du eigentlich gewusst, dass du hier nach ihr suchen musst?«, fragte ihn Hanna.

»Wie oft soll ich euch noch sagen, dass Batman einen sechsten Sinn hat?«, sagte Mika pampig.

»Komisch nur, dass die Comic-Hefte alle Batman-Hefte sind«, sagte ich.

»Was soll daran komisch sein? Batman-Comics sind nun mal die besten«, sagte Mika trotzig.

Dann konnten wir leider nicht mehr weiterfragen, weil der Lehrer angestürmt kam.

»Oh, danke! Wie habt ihr sie bloß gefunden?«, fragte er, als er sie endlich in seinen Armen hielt.

Wir zeigten auf Mika.

»Mika, du bist ein Held«, sagte der Lehrer und drückte Mika die Hand.

»Ich bin Batman«, sagte Mika und zupfte seine Maske zurecht.

»Erledigt«, sagte Timo, als er sein Buch herausholte und auch über die Hirschkuh ein dickes Kreuz malte.

Wir fanden, dass Mika zum ersten Mal so aussah, als wäre er ein Stückchen gewachsen.

Wir sind noch nicht mal bei der Hälfte

Die Polizisten waren sehr nett und lobten Mika dafür, dass er Anna gefunden hatte. Inzwischen war auch ihre Mutter gekommen und hatte sie abgeholt.

»Von jetzt an werden wir mit unseren Suchscheinwerfern einen Fuchs an den Himmel malen, wenn wir dich brauchen«, sagte ein Polizist, der so riesengroß war, dass er bestimmt der Oberpolizist sein musste.

»Ich bin kein Fuchs. Meine Maske ist nur ein bisschen ausgeleiert, weil einer aus der 2B dran gezogen hat«, stellte Mika die Sache richtig.

»Sollen wir ihn verhaften?«, flüsterte einer von den kleineren Polizisten.

»Nicht nötig«, sagte Mika. »Batman hat im Augenblick ganz andere Sorgen.«

Das stimmte. Außer uns hatte nämlich auch die Direktorin die Sachen hinter der Birkenfeige entdeckt und messerscharf geschlossen, dass sie nur Mika gehören konnten. Tatsächlich handelte es sich bei der kleinen Höhle hinter der Pflanze um das Versteck, in dem er ab und zu die große Pause verbrachte, um in Ruhe seine Batman-Hefte zu lesen. Aber damit war jetzt Schluss.

»Es ist zwar schön, dass du die kleine Anna gefunden hast«, sagte die Direktorin. »Aber bei meiner Arbeit muss ich mich konzentrieren, da kann ich keinen Fuchsbau in der Nähe gebrauchen.«

»Ich bin kein Fuchs! Batman ist eine Fledermaus!«, tobte Mika und kriegte sich fast nicht mehr ein. »*Bat* ist englisch und heißt Fledermaus! *Batman* heißt Fledermausmann!«

Den Polizisten tat der arme Mika so leid, dass sie ihm anboten, zu ihnen aufs Revier zu kommen und seine Comic-Hefte in der Arrestzelle zu lesen. Natürlich nur, wenn sie frei sei, sagten sie, und Mika bedankte sich artig, wollte aber trotzdem erst drüber nachdenken. Die Frage war natürlich, was seine Mutter sagte, wenn sie hörte, dass ihr Sohnemännchen gelegentlich in der Arrestzelle sitzen wollte.

»Komm, vielleicht finden wir ein neues Versteck für dich!«, sagte der dankbare Lehrer und trug sogar Mikas Hefte.

Aber wir anderen gingen natürlich mit. Vorneweg ging der Lehrer mit dem Stapel Batman-Hefte, dann kam Mika mit der Wolldecke und den Keksen, und dahinter kamen wir. Nach und nach schloss sich uns die ganze Schule an, sogar die Köchin und der Hausmeister. Die Nachricht von Mikas Heldentat hatte sich wie ein Lauffeuer verbreitet, und alle wollten ihn sehen.

»Wie wär's damit?«, fragte der Lehrer, als wir vorm Raum für die Bastelsachen ankamen.

»Nein«, sagte Mika, und auch wir anderen schüttelten die Köpfe.

Der Raum für Bastelsachen war schließlich unser zweiter geheimer Versammlungsort, falls wir uns mal in der Schule besprechen mussten. Da konnte das unmöglich auch noch ein Batman-Versteck sein.

»Und was sagst du dazu?«, fragte der Lehrer, der die Tür zum Musiksaal aufgemacht hatte und unter den Flügel zeigte.

»Nein!«, sagte unsere ganze Klasse im Chor. Schließlich musste Batman jederzeit das Batman-Lied summen können, und wie sollte er das, wenn oben jemand »Alle meine Entchen« klimperte?

Der Hausmeisterraum passte dann dem Hausmeister nicht, bei der Küche protestierte die Köchin, und gegen den schönen Platz hinter dem Sofa im Lehrerzimmer hatten komischerweise die Lehrer was. Schließlich bot der Lehrer Mika den Platz unterm Lehrertisch in unserem Klassenzimmer an.

»Einverstanden?«

Mika zögerte, aber aus der Menschenmenge hinter uns war zustimmendes Gemurmel zu hören. Alle fanden den Platz genau richtig. Er war nicht weit weg und gut einzusehen, und trotzdem war es ein gutes Versteck, weil ja kein Mensch auf die Idee käme, dass sich Batman ausgerechnet unterm Lehrertisch versteckt.

Es dauerte eine Weile, aber dann nickte Mika.

»Okay«, sagte er und breitete gleich mal seine Decke in der neuen Höhle aus. Er schob die Kekse unter die Decke, der Lehrer legte den Stapel Batman-Hefte obendrauf, und alle klatschten Beifall.

Nur der Schornstein und seine Klasse klatschten nicht. Denen passte die ganze Sache überhaupt nicht, das sah man ihnen an.

»Möchte wissen, wo so was im Lehrplan steht!«, moserte der Schornstein. »Und falls es noch niemandem aufgefallen ist: *Meine* Schüler laufen *nicht* maskiert in der Schule herum!«

Dann machte er sich mit seiner Klasse davon.

»*Er* steht auch nicht im Lehrplan«, hörten wir den Lehrer murmeln. »Sonst müssten wir nämlich den Stinkstiefel durchnehmen.«

Dann bat er alle, die nicht in die 2A gingen, das Klassenzimmer zu verlassen. Schließlich war noch nicht Schulschluss.

»Ich hab mir was überlegt«, sagte der Lehrer, als alle draußen waren.

Wir spitzten die Ohren.

»Wenn die Präsidentin zu Besuch kommt, machen wir natürlich keinen Ausflug zum Recycling-Hof.«

Der Plan unseres Lehrers war also schon mal anders als der unserer Direktorin.

»Wir machen es genau umgekehrt und halten einen Recycling-Tag hier an der Schule ab«, fuhr der Lehrer fort. »Für die von euch, die es noch nicht wissen: Recyceln bedeutet, dass man alte Sachen noch mal neu aufpoliert oder dass man sie nimmt und noch mal was ganz Neues daraus macht. Die Sachen verkauft man dann, oder noch besser tauscht man sie einfach gegen andere. Das ist gut für die Umwelt, weil nicht mehr so viel weggeschmissen wird, und darum machen wir das auch. Wir organisieren einen Recycling-Markt und zeigen der Präsidentin, dass unsere Schule am Puls der Zeit ist.«

Wir hörten dem Lehrer zu und wunderten uns. Aber nicht über das, was er sagte, weil wir das natürlich alle wussten, sondern darüber, dass er sich schon die ganze Zeit unauffällig in Richtung Tür bewegte.

»Glaubt mir, die Präsidentin hat die Nase voll von Blumensträußen und Tanzdarbietungen, die sie an jeder Schule sieht. Und am allermeisten hasst sie wahrscheinlich launige Reden, wie ja auch an unserer Schule eine vorbereitet wird ...«

An der Stelle legte der Lehrer den Finger auf den Mund, dass wir ganz still sein sollten, dann stieß er mit Schwung die Tür auf, und es gab einen ordentlichen Bums.

Gleich darauf kam der Schornstein ins Klassenzimmer und rieb sich die Stirn.

»Ich werde der Direktorin von euren hinterlistigen Plänen erzählen«, drohte er mit geballter Faust.

»Und ich sage dir, dass auch sie von unserer Idee begeistert sein wird«, sagte der Lehrer, aber so, wie seine Stimme sich anhörte, war er sich wohl doch nicht ganz sicher.

Wir hörten die zwei Lehrer kurz miteinander murmeln, dann gingen sie, und wir blieben allein im Klassenzimmer zurück. Tiina, die ihnen nachschaute, sagte, sie gingen zum Zimmer der Direktorin.

»Solange er weg ist, kann ich euch schon mal die nächste Heldentat erklären«, schlug Timo vor.

»Waren's denn nicht schon genug?«, fragte Mika vorsichtig.

»Wir sind noch nicht mal bei der Hälfte«, sagte Timo.

»Aber irgendwie hab ich schon das Gefühl, dass meine Mutter mich zu dem Treffen gehen lässt«, sagte Mika.

»Ganz ehrlich?«, wunderte ich mich.

»Nein«, gab Mika zu.

Batman stiefelt nicht durch den Schnee

»Der Erymanthische Eber war ein wildes Vieh, das im weiten Umkreis die Felder verwüstete. Herkules trieb es einfach in den Schnee, in dem blieb es stecken, und Herkules konnte es mit Leichtigkeit einfangen und einem gewissen Eurystheus überbringen. Das war der, der ihm immer die Aufgaben stellte, und als Herkules mit dem wilden Eber kam, kriegte er einen solchen Schreck, dass er sich in einem Vorratsfass versteckt hat.«

So ging die vierte Herkulesgeschichte, die Timo uns erzählte.

»Im Fass versteckt – von mir hätte das Ferkel eins auf den Schnuffel gekriegt!«, sagte der Rambo.

»Schrecklich, was die für schwierige Namen haben!«, beschwerte sich Tiina.

»Stimmt«, gab ihr Pekka recht. »Stellt euch vor, ihr wärt mit einem von denen befreundet und müsstet zu Hause sagen, wo ihr hingeht!«

»Oder ihr hättet ihn beim Versteckspielen entdeckt und wolltet seinen Namen rufen«, sagte ich.

»Namen sind Schall und Lauch«, beruhigte uns

Timo. »Worauf es jetzt ankommt, ist, dass wir so schnell wie möglich einen wilden Eber finden, damit Mika ihn in den Schnee treiben und einfangen kann. Hab ich recht, Mika?«

Von unter dem Lehrerpult, wo Mika saß, kam nur ein leises Fiepen, aber vielleicht hat Batman, wenn er nicht gerade Verbrecher jagt, auch eine Stimme wie eine Fledermaus.

Dann kam der Lehrer zurück und sah richtig zufrieden aus.

»Die Direktorin hat sich sehr über unseren Plan gefreut«, erzählte er. »Sie hat sogar vorgeschlagen, dass wir ein paar Sachen zum Recyceln bei ihr zu Hause aus der Garage holen.«

»Aber die gehören doch alle meinem Vater«, wunderte sich Pekka.

»Genau das sagt deine Mutter auch«, sagte der Lehrer. »Und dass der Krempel wegmuss, bevor ihr umzieht.«

»Zieht ihr um?«, fragte ich Pekka.

»Ja. Aber nur ein paar Straßen weiter«, erklärte Pekka.

»In ein größeres Haus?«, fragte Hanna.

»Nein, in eins mit einer größeren Garage«, erklärte Pekka.

»Dann dürfen wir also hier sein, wenn die Präsidentin kommt?«, fragte ich.

»Aber ja«, versprach uns der Lehrer. »Oder jedenfalls fast. Die Direktorin findet nur, ein Recycling-Markt gehört ins Freie. Die Präsidentin soll uns dann aus dem Fenster der festlich geschmückten Turnhalle zuwinken.«

An dem Tag gingen wir nach der Schule gleich in den Wald. Genauer gesagt, in den Park hinter dem Haus des Lehrers, der vielleicht kein richtiger Wald ist, aber so was Ähnliches. Dort gab es reichlich Schnee, aber umso weniger Wildschweine. Mika machte das nichts aus, aber uns anderen schon. Andererseits hatten wir so Zeit, ein bisschen zu üben, falls doch noch ein passendes Vieh auftauchte.

Der Rambo spielte den wilden Eber, den Mika fangen musste.

»Könnte ich nicht zum Beispiel Tiina fangen?«, fragte Mika.

»Ich bin doch kein Eber«, sagte Tiina beleidigt.

»Kommst du mich jetzt holen oder nicht?«, fragte der Rambo, der schon bis zur Taille in den Tiefschnee gestiefelt war.

»Könnte ich ihn nicht auch von Weitem fangen?«, fragte Mika.

»Wie willst du denn so ein schreckliches Vieh fangen, ohne es anzufassen?«, wollte Hanna von ihm wissen.

»Mit meiner Schlauheit«, sagte Mika. »Eber sind nämlich ein bisschen doof.«

»Wenn das eine Anspielung sein soll, brauchst du nur herzukommen, dann hast du ein paar Beulen auf deinem schlauen Kopf!«, drohte ihm der Rambo.

»Batman stiefelt nicht durch den Schnee«, sagte Mika ungerührt. »Für grunzendes Viehzeug hat er seine Spezialschleuder.«

»Trau dich, und du kannst das, was von der Schleuder übrig ist, als Essstäbchen benutzen!«, grunzte der Rambo.

»Batmans Schleuder ist aus Stahl«, behauptete Mika.

»Das ist dem wilden Eber schnuppe!«, verkündete der Rambo.

»Dann schießt Batman eben einen Eisstrahl!«

»Batman hat gar keinen Eisstrahl, den hat der Pinguin!«

»Batman hat ihn dem Pinguin eben weggenommen!«

»Dann wehrt der wilde Eber den Eisstrahl mit seinem Superschild ab.«

»Der Elyfantische Eber kann keinen Superschild haben, die gab's damals noch gar nicht!«

»Aber Schilde gab's, und heute sind die superviel wert, weil's nämlich Antiquitäten sind!«

»So schwere Wörter sind unfair!«, beklagte sich Mika.

»Außerdem wiegt ein Eber ein paar Hundert Kilo – und wie viel wiegt eine Fledermaus, hä? Wenn's hoch kommt, fünfzig Gramm!«, ließ der Rambo nicht locker.

»Mir doch egal«, sagte Mika so traurig, dass wir den wilden Eber schon auf der Siegerstraße sahen.

»Der wilde Eber zerquetscht die Fledermaus wie eine Laus!«, sagte der Rambo und haute mit einem dumpfen Knall die Fäustlinge zusammen.

Mika wischte sich die Nase unter der ausgeleierten Maske, und wir dachten schon, jetzt ist es aus. Aber dann richtete er sich kerzengerade auf, und als wir noch überlegten, ob er sich vielleicht doch auf das schreckliche Vieh stürzen wollte, startete er einen Angriff, mit dem niemand mehr gerechnet hatte.

»In Borneo gibt es eine Höhle, in der leben drei Millionen Fledermäuse, und jede von ihnen frisst fünf Gramm Insekten pro Tag – macht fünfzehn Millionen Gramm oder fünfzehntausend Kilo!«, sagte Mika kühl bis ans Herz.

Wir wunderten uns, weil wir nicht mal geahnt hatten, dass Mika so gut im Fledermausrechnen war.

»Du liebe Zeit!«, seufzte der Rambo. »Und was kratzt das den wilden Eber?«

Aber Mika ließ sich nicht aus der Ruhe bringen.

»Mal angenommen, die Kacke von einer Fledermaus

wiegt auch nur mickrige zwei Gramm«, sagte er. »Und wieder angenommen, der Schwarm von drei Millionen Fledermäusen kommt im Sturzflug an, um den wilden Eber zu bombardieren – dann fliegen dem dummen Vieh sechstausend Kilo Kacke um die Ohren! Na, was sagt der wilde Eber jetzt? Nöf-nöf?«

Diesmal haute Mika die Fäustlinge zusammen, und obwohl der dumpfe Knall längst nicht so laut war wie beim Rambo, zuckten wir alle viel mehr zusammen. Der wilde Elymantische Eber oder wie er hieß war besiegt, denn was sollte ihm gegen so viel Kacke noch einfallen? Wir staunten und waren mucksmäuschenstill. Mika hatte gewonnen, ohne auch nur einen Schritt in den Tiefschnee zu machen.

»Der Punkt geht glasklar an Mika«, sagte Timo schließlich. »Die Heldentat ist vollbracht, und das schreckliche Vieh kann wieder aus dem Schnee rauskommen.«

»Kann es nicht«, knurrte der Rambo. »Ich steck fest.«

Zum Glück war es bis zu unserem Lehrer nicht weit, und wir hatten noch mal Glück, dass die Schneeschaufel an der Hauswand lehnte und er sie nicht erst suchen musste.

»Wohin gehst du?«, fragte seine Frau.

»Arbeiten. Man ist doch immer wieder froh, so einen kreativen Beruf zu haben«, seufzte er.

Soll das alles mit?

Am nächsten Tag marschierten wir alle zusammen zu Pekka nach Hause. Der Lehrer hatte seinen Schlitten dabei und ging an der Spitze. Wir wollten aber nicht ins Haus, sondern gleich in die Garage. Das heißt, wir *wollten* in die Garage, aber man kam leider nicht rein, weil sie so voller Krempel war. Pekkas Mutter, also unsere Direktorin, hatte schon das Tor aufgemacht und stopfte gerade einen Ski und eine Bowlingkugel zurück, die ihr dabei vor die Füße gefallen waren. Als sie es endlich geschafft hatte, rollten weiter unten ein alter Autoreifen, drei Tennisbälle und ein genau in der Mitte halb durchgebrochenes Skateboard heraus. Die Garage musste ganz klar entrümpelt werden.

»Das können wir schon mal gut gebrauchen«, sagte der Lehrer, als er das Skateboard eingefangen hatte. »Aus der einen Hälfte lässt sich noch ein halbes Schneidbrett machen und aus der anderen Hälfte vielleicht ein halbes Vogelhäuschen.«

»Denk bloß nicht, ich hätte was mit dem Krempel zu tun!«, sagte die Direktorin. »Es ist mein Mann, der einfach nichts wegschmeißen kann.«

»Und wir haben jetzt freie Hand?«, fragte der Lehrer zur Sicherheit.

»Nehmt alles, was ihr brauchen könnt. Für den Rest hab ich einen Wagen von der Sperrmüllabfuhr bestellt, die bringen das Zeug auf die Müllkippe«, erklärte uns die Direktorin. Dann schaute sie auf die Uhr. »Ich muss los, das Festkomitee für den Präsidentinnenbesuch tagt, und es geht um die nötigen Sicherheitsvorkehrungen.«

Als die Direktorin weg war, krempelten wir die Ärmel hoch. Dann krempelten wir sie wieder runter, weil es ganz schön kalt war.

»Macht so ein Umzug eigentlich Spaß?«, fragte ich Pekka, der ein bisschen traurig aussah.

»Keine Ahnung, ich bin ja noch nie umgezogen«, sagte Pekka.

Dann fingen wir mit dem Entrümpeln an. Der Lehrer zeigte uns, wie wir die Sachen auf zwei Haufen sortieren sollten: Auf den einen Haufen kamen die Sachen, die man noch gebrauchen konnte, und auf den anderen die für die Müllkippe. Es stellte sich bald heraus, dass der Haufen für die Müllkippe viel größer werden würde. Nach einer halben Stunde elender Schufterei lagen auf dem Haufen zum Recyceln gerade mal ein Rollschuh, drei Tennisbälle und ein Tennisschläger mit gerissenen Saiten. Das Skateboard hatte der Lehrer doch wieder aussortiert, weil wir angeblich keine halben Sachen machten.

»Mein Vater hat damit auf den Netzpfosten gehauen, weil er verloren hat«, erklärte uns Pekka den kaputten Tennisschläger.

»Und danach hat er mit dem Tennisspielen aufgehört?«, erkundigte sich Tiina.

»Genau«, sagte Pekka.

»Dann muss ihn die Niederlage wohl schwer getroffen haben«, vermutete der Lehrer. »Ich meine, wenn man wegen eines einzigen Spiels so ein schönes Hobby aufgibt ...«

»Wahnsinnig schwer«, sagte Pekka. »Zumal es auch noch sein erstes Spiel überhaupt war.«

»Und gegen wen hat er das verloren?«, wollte Timo wissen.

»Gegen mich«, sagte Pekka.

Nach noch mal einer halben Stunde stießen wir auf etwas, das sich keinen Millimeter bewegte, obwohl jeder mal daran ruckelte. Es war hart, man konnte es schwer greifen, und es steckte unter zerrissenen Rettungswesten, einem Fahrrad ohne Reifen, löchrigen Fischernetzen und einem geplatzten Gummiboot. Da half nur Weitergraben. Zum Glück kam genau da der bestellte Lkw. Er fuhr erst an der Garage vorbei bis zum Haus, aber als der Lehrer ihm hinterherrief, setzte der

Fahrer schnell zurück. Wenn unser Lehrer einem hinterherruft, macht man besser, was er sagt.

»Soll das alles mit?«, wunderte sich der Fahrer, als der Lehrer auf den großen der beiden Haufen zeigte.

»Und jede Menge Sachen, die noch in der Garage drin sind«, sagte der Lehrer.

»Sind Sie sich da ganz sicher?«, fragte der Fahrer des Lkw.

»Ich bin Lehrer. Ich bin mir immer sicher«, sagte der Lehrer.

Von da an konnten wir die Sachen für die Müllkippe gleich aufladen, und es war richtig spannend, weil man am Anfang ganz tief in den Lkw hineingehen musste, und das hatten die meisten von uns schon immer mal machen wollen. Der Fahrer und sein Beifahrer waren sehr nett und halfen uns sogar. Nach einer Weile hatten wir die Garage so leer geräumt, dass wir sahen, was es war, das so tief unter dem Gerümpel gesteckt hatte, dass wir es keinen Millimeter bewegen konnten: ein Auto.

»Ich wusste gar nicht, dass wir so eins haben«, wunderte sich sogar Pekka.

»Ich glaub's nicht, das ist ein sechundsiebziger Morris Marina!«, staunte der Fahrer des Lkw.

»Wenn ich mich erinnere, hat es der mit seinen vierundfünfzig PS in knapp einer halben Minute von null auf hundert geschafft«, sagte der Beifahrer und lüpfte sein Käppi, um sich am Hinterkopf zu kratzen.

»Die Rakete der Landstraße hat man ihn genannt«, sagte der Fahrer andächtig.

»Das am häufigsten zu Schrott gefahrene Auto in ganz England«, wusste sein Beifahrer noch.

»Und der hier ist wohl auch Schrott«, stellte der Lehrer fest.

»So sieht's aus«, sagten die beiden Männer, was uns ein bisschen wunderte, wo sie das Auto doch gerade noch so toll gefunden hatten.

Wir selbst fanden das Auto trotzdem total schön und gratulierten Pekka, dass er und seine Eltern so was Schönes hatten.

Pekka strahlte, aber dann wunderten wir uns wieder, weil der Lehrer jetzt nämlich in den Laderaum des Lkw zeigte und die zwei Männer fragte, ob das Auto da wohl noch mit reinpasste.

»Schon«, sagte der Fahrer. »Aber für gewöhnlich nehmen wir eigentlich keine Autos mit.«

»Wir haben es hier auch nicht mit einer gewöhnlichen Familie zu tun«, sagte der Lehrer und tätschelte Pekka den Kopf.

Jetzt war es gut, dass der Lkw eine ausfahrbare Laderampe hatte, denn so konnten wir das Auto einfach draufschieben. Für das restliche Gerümpel, das auf die

Müllkippe konnte, brauchten wir dann gar nicht mehr so lange, höchstens ein paar Stunden.

»Das war's«, sagte der Lehrer, als die Garage leer war, und rieb sich zufrieden die Hände.

Auch wir waren zufrieden, obwohl wir immer noch nicht so wahnsinnig viel zum Recyceln hatten. Außer dem Rollschuh und dem ramponierten Tennisschläger mit drei Bällen waren es eine fast heile Angelrute mit Rolle, eine verbeulte Kehrschaufel und Pekkas altes Kinderbett, an dem man oben am Gitterrand noch seine Bissspuren sehen konnte.

»Für unseren Recycling-Markt ist es wenigstens ein Anfang, und den Schultag hätten wir auch hinter uns, was will man mehr?«, sagte der Lehrer, als er die Sachen auf seinen Schlitten lud. Nur das Bett passte nicht drauf, aber das wollte er am Abend gesondert holen.

Dann war auch der Lkw abfahrbereit, und der Fahrer und sein Beifahrer kamen sich verabschieden.

»Und alles, was wir aufgeladen haben, bringen wir zum vereinbarten Ort?«, vergewisserte sich der Fahrer.

»Selbstverständlich«, bestätigte ihm der Lehrer.

»Auch das Auto?«

»Selbstverständlich«, sagte der Lehrer. »Sehen Sie da ein Problem?«

»Nein, nein«, sagte der Fahrer. »Bei uns ist der Kunde König.«

»Und wenn er Lehrer ist, sowieso«, sagte der Lehrer lächelnd.

Dann fuhr der Lkw los, und der Lehrer verabschiedete sich von uns, weil er die Recycling-Sachen gleich zur Schule bringen wollte. Und gerade als wir anderen auch Pekka Tschüs sagen wollten, kam noch ein Lkw. Er war kleiner als der andere und hatte eine offene Ladefläche, aber auch aus ihm stiegen ein Fahrer und ein Beifahrer aus.

»Wohnst du hier?«, fragten sie Pekka, der vor der Haustür stand, und als Pekka nickte, entschuldigten sie sich, dass sie erst so spät kamen.

»Tut uns leid, aber der Motor hat gemuckt«, sagte der Fahrer. »Aber jetzt ist alles paletti. – Wo fangen wir an?«

»Meine Mutter hat gesagt, ich soll euch einfach die Tür aufmachen, dann seht ihr schon«, sagte Pekka.

Da nickten die zwei und gingen ins Haus. Wir waren uns fast sicher, dass Pekka der Umzug keinen Spaß machte, aber zum Glück zog er ja nicht weit weg.

Hast du heute einen schlechten Tag?

Wir wunderten uns, als wir am nächsten Morgen alle zusammen zur Direktorin kommen sollten.

»Wahrscheinlich will sie sich dafür bedanken, dass wir gestern alles so tipptopp erledigt haben«, vermutete der Lehrer.

Die Direktorin sah nur überhaupt nicht dankbar aus. Sie sah auch nicht ganz normal streng aus, sondern wütend wie ein Eichhörnchen, dem jemand den letzten Tannenzapfen gestohlen hat. Mika kriegte einen solchen Schreck, dass er sich hinter die Birkenfeige verziehen wollte, aber da, wo er sich früher immer durchgeschlängelt hatte, stand jetzt ein Aktenschrank. Also musste er sich genau wie alle anderen anhören, was die Direktorin uns zu sagen hatte. Aber erst redete der Lehrer.

»Hast du heute einen schlechten Tag?«, fragte er vorsichtig.

»Längst keinen so schlechten wie gestern«, sagte die Direktorin eisig.

»Dann geht's dir also schon besser?«, versuchte der Lehrer etwas für die Stimmung zu tun.

»Schlechter wäre auch kaum gegangen«, fauchte die Direktorin.

»Gehe ich richtig in der Annahme, dass deine schlechte Verfassung etwas mit uns zu tun hat?«, erkundigte sich der Lehrer.

»Vollkommen richtig.«

»Und wir können auch nicht später darüber reden?«

»Nein.«

»Also nicht. – Darf ich dann fragen, ob wir die Sache eventuell von Mann zu Mann austragen können?«

»Ich bin eine Frau«, sagte die Direktorin.

»Das wäre für mich kein Hindernis«, sagte der Lehrer. »Ich bin für Gleichberechtigung.«

Obwohl sie so wütend wie ein Eichhörnchen war, fauchte die Direktorin wie eine Katze. Aber man sah auch deutlich, wie sie sich zusammenriss.

»Ich habe ein Rätsel für euch«, sagte sie. »Gestern Abend bin ich nach einem anstrengenden Arbeitstag in unser neues Haus gekommen – und jetzt ratet, was ich dort im Wohnzimmer vorgefunden habe!«

Wir überlegten eine Weile, aber wir kriegten es nicht raus.

»Ein Auto«, sagte die Direktorin und starrte dabei den Lehrer an, dass wir dachten, ihr fallen gleich die Augen aus dem Kopf.

»Merkwürdig«, sagte der Lehrer dumpf.

»Nicht wahr«, sagte die Direktorin, und wir fanden auch, dass sich ein Auto im Wohnzimmer ziemlich merkwürdig anhörte.

»Im Schlafzimmer waren es dann ein kaputtes Gummiboot, ein Fahrrad ohne Reifen, ein paar löchrige Fischernetze und ein Angelkescher«, erzählte die Direktorin.

Wir waren uns noch nicht sicher, aber das kam uns alles irgendwie bekannt vor.

»In der Küche waren es unter anderem ein verbogener Golfschläger und ein Sägebock.«

»Hört sich alles nicht normal an«, sagte der Lehrer, und das fanden wir auch.

»Ein Sägebock gehört höchstens in den Flur«, sagte Hanna streng.

»Aber das war noch nicht alles«, fuhr die Direktorin fort.

»Nicht?«, fragte der Lehrer so müde, als interessierte ihn die ganze Sache auf einmal gar nicht mehr so sehr.

»Nein«, sagte die Direktorin. »Um das Auto überhaupt ins Haus zu bekommen, hatten die Umzugsleute das große Terrassenfenster ausgebaut. Nach den Schneefällen von heute Nacht haben wir im Wohnzimmer einen halben Meter Neuschnee.«

»Stimmt, es hat ordentlich geschneit. Ich musste heute Morgen auch erst lange schippen, bevor ich loskonnte.« Unter dem Todesblick der Direktorin war die Stimme des Lehrers fast zu einem Flüstern geworden. »Schlimm, aber natürlich nicht mit eurem Wohnzimmer zu vergleichen. Wie konnte das denn überhaupt passieren?«

»Das wollte ich auch gern wissen und habe die Umzugsfirma angerufen«, erzählte die Direktorin. »Ich wollte wissen, wie so was passieren kann, und sie sagten, sie hätten sich haargenau an die vor Ort gegebenen Anweisungen gehalten. – Da habe ich mich natürlich gefragt, wer ihnen diese Anweisungen wohl gegeben hat.«

»Tja, wenn man das bloß wüsste!«, seufzte der Lehrer.

»Aber das war noch nicht alles«, sagte die Direktorin, die wir ehrlich noch nie in so einer Erzähllaune erlebt hatten.

»Entschuldige bitte! Wir würden die Geschichte wirklich gern zu Ende hören, aber wir müssen uns dringend mit dem Einmaleins beschäftigen«, versuchte uns der Lehrer von ihr loszueisen.

Aber es klappte nicht.

»Ihr bleibt hier, bis ich mit euch fertig bin!«, sagte die Direktorin schneidend. »Unser neues Haus sieht also wie eine verschneite Müllkippe aus – und jetzt ratet, wo unsere ganzen Möbel sind?«

Der Lehrer überlegte lange, dann schüttelte er den Kopf.

»Ich komm nicht drauf. Gib mir einen Tipp!«

»Auf der richtigen Müllkippe«, sagte die Direktorin, obwohl Timo sich gemeldet hatte und die Antwort wusste. Wir fanden es echt nicht fair, dass sie immer Fragen stellte und dann die Antwort nicht abwartete.

»Nein!«, sagte der Lehrer. »Darauf wäre ich im Leben nicht gekommen!«

Er komischerweise nicht – aber wir. Wir hatten längst erraten, dass wir das Gerümpel aus der Garage aus Versehen auf den Umzugslaster geladen hatten und dass dafür die Umzugssachen auf dem Mülllaster gelandet waren. Mit den zwei Lastern war ein Schlamassel passiert. So was kommt vor, da kann man nichts machen.

»Sehr interessante Geschichte. Daraus können die Kinder eine Menge lernen, findest du nicht auch?«, fragte der Lehrer die Direktorin. »War sonst noch was?«

Die Direktorin rieb sich die Schläfen und wedelte zwischendurch mit den Händen, dass wir gehen sollten. Das machten wir natürlich auch. Erst ging der Lehrer und dann wir.

»Echt traurig, dass eure Möbel auf der Müllkippe gelandet sind«, sagte ich zu Pekka.

»Wieso?«, fragte Pekka. »Mein Vater und ich haben das Auto gleich in mein neues großes Zimmer geschafft. Letzte Nacht hab ich auf der Rückbank geschlafen und mein Vater und meine Mutter auf den Vordersitzen. So ein spitzenmäßiges Bett hatte ich noch nie!«

Das ist geheim

»Als Nächstes sollte Herkules an nur einem Tag die Rinderställe des Augias ausmisten. Dieser Augias war ein König, und in den riesengroßen Ställen war eine unfassbare Menge Mist, der sich im Lauf der Jahre angesammelt hatte«, erzählte uns Timo.

»Heißt das, die Leute des Königs hatten dort jahrelang nicht sauber gemacht?«, fragte Hanna entsetzt.

»Wo waren denn da die Tierschützer? Wenn alle wussten, wie es in den Ställen aussieht, hätten die sich doch nachts reinschleichen und ein Video über die armen Tiere drehen müssen«, sagte Tiina empört. Tiina mag von uns allen Tiere am liebsten.

»Hallo? Damals gab's doch noch keine Videokameras«, sagte Timo und rollte mit den Augen. »Die Zeit, in der man sich diese Geschichten erzählt hat, nennt man Antike, und ›antik‹ heißt alt. Das ist echt lange her, und passiert sind die Geschichten sogar noch früher.«

»Ich hab ja auch eine antike Kamera gemeint«, verteidigte sich Tiina. »Mein Großvater hat so eine, die ist mindestens schon über fünf Jahre alt und hat nicht mal einen Touchscreen.«

»Als ich meine Sachen in Umzugskisten packen sollte, hab ich unterm Bett ein belegtes Brot gefunden, das war bestimmt auch schon antik. Genau weiß ich's nicht mehr, aber wahrscheinlich hatte ich's mir irgendwann im November geschmiert«, erinnerte sich Pekka.

»Igitt!«, sagte Tiina.

»Es hat noch ganz gut geschmeckt. Nur die Salami war ein bisschen zäh«, behauptete Pekka.

»Soll ich jetzt etwa irgendeinen Stall ausmisten?«, kam Mika wieder auf die Herkules-Geschichte zurück.

»Sagt, dass ich irgendwo ausmisten soll, und eure Allerwertesten lernen unsere Heugabel kennen!«, drohte der Rambo.

»Ihr kapiert wieder gar nichts, stimmt's?«, fragte Timo.

Wir kapierten wirklich nichts, aber das machte uns nichts aus, weil wir ja wussten, dass er uns gleich alles erklären würde.

»Selig sind die Eintönigen«, seufzte Timo, dessen Sprichwörter wir auch nicht immer kapieren.

»Ich sage nur: Garage ausgemistet, Aufgabe erledigt!«, verkündete Timo und malte ein dickes Kreuz über das Bild von den Augiasställen in seinem Buch.

Jetzt kapierten wir's auch: Das Gerümpel in der Garage der Direktorin war was ganz Ähnliches wie der Mist in den Ställen dieses Augias, und auch wenn es den Schlamassel mit den Lastern gegeben hatte, war die Garage hinterher tipptopp sauber gewesen. Das hieß, Mikas fünfte Heldentat war längst vollbracht, und wir hatten's nur nicht gemerkt! Wenn das in dem Tempo weiterging, schaffte Mika die zwölf Heldentaten noch vor Ostern, und das geheime Treffen musste erst danach stattfinden, sonst hätte er bestimmt schon zu quengeln angefangen.

»Und was kommt als Nächstes?«, fragte ich, noch ganz begeistert, wie leicht das mit dem Ausmisten gegangen war.

»Die Stymphalischen Vögel«, sagte Timo.

»Was für Vögel? Das ist ja schon wieder so ein komplizierter Name«, schniefte Mika. »Wie soll ich meiner Mutter was von meinen Heldentaten erzählen, wenn ich mir die Ungeheuer, die ich besiege, nicht merken kann?«

»Und was ist das Schlimme an den Vögeln?«, fragte die praktische Hanna.

»Die haben Fleisch gefressen und hatten eiserne Schnäbel und Krallen, mit denen sie sogar Rüstungen aufknacken konnten. Außerdem konnten sie ihre Federn wie Pfeile abschießen. Herkules hat sie mit dem Höllenlärm von riesigen eisernen Klappern vertrieben, dann war Ruhe«, erzählte Timo.

»Fleischfressende Vögel ...«, überlegte Tiina. »Die

Tauben auf dem Marktplatz picken gern Hamburgerreste auf, und wenn man in die Hände klatscht, fliegen sie weg. Allerdings hält das meistens nicht lange an.«

»Am Fluss gibt's Enten«, wusste Hanna.

»Und am Hafen gibt's im Sommer zu viele Möwen«, fiel mir ein.

»Im Vogelhäuschen hinter unserem neuen Haus waren heute Morgen zwei Meisen«, berichtete Pekka.

»Darf ich mir aussuchen, welche Vögel ich vertreibe?«, fragte Mika und hörte sich schon ein bisschen besser gelaunt an.

»Ich glaube nicht«, sagte Timo und schüttelte den Kopf. »Und die Vögel müssen auch viel fürchterlicher sein als die, die wir bisher aufgezählt haben. Nicht so fürchterliche Vögel gelten, glaube ich, nicht.«

»Vor Tauben hab ich aber schon ein bisschen Angst«, versuchte es Mika.

»Trotzdem. Taubenverscheuchen ist zu wenig«, sagte Timo, der es schließlich wissen musste.

Danach gingen wir in verschiedene Richtungen auseinander. Die Schule war nämlich für den Tag schon aus, und wir wollten alle nach Hause. Weil wir fast denselben Weg haben, gingen Mika und ich zusammen. Oder Batman und ich.

»Weißt du, worüber ich schon die ganze Zeit nachdenke?«, fragte ich ihn.

»Nein, worüber denn?«

»Warum du dir für deine Geheimhöhle ausgerechnet das Zimmer der Direktorin ausgesucht hast. Vor wem hast du dich da eigentlich versteckt?«

Wir gingen nebeneinander her, der Schnee knirschte schön unter unseren Schuhen, aber Mika sagte eine ganze Weile nichts. Und als er dann was sagte, war es:

»Das ist geheim.«

»Aber *dass* du dich vor jemandem versteckt hast, gibst du zu?«, bohrte ich weiter.

Mika sagte wieder eine Weile nichts, aber dann nickte er. Oder jedenfalls kam es mir so vor. Wegen seiner Maske war das immer ein bisschen schwer zu sagen.

»Warum willst du eigentlich unbedingt zu diesem Batman-Treffen?«, wechselte ich erst mal das Thema.

Diesmal kam die Antwort schnell:

»Na, weil ich Batman bin.«

»Und worum geht's bei dem Treffen?«, fragte ich.

»Das ist geheim«, sagte Mika.

»Geht's vielleicht um Mädchen?«, fragte ich.

Das interessierte mich ehrlich, und ich hoffte nur, dass Mika nicht sauer wurde. Oder Batman.

»Aber echt nicht. Die Mädchen sind Batmans Feinde«, zischte Mika.

»Alle?«, fragte ich verwundert.

»Alle«, bestätigte Mika.

»Ich auch?«, wollte ich wissen.

Das hätte ich nämlich ehrlich traurig gefunden. Ich wollte doch nicht der Feind von irgendwem sein. Oder die Feindin.

»Du vielleicht nicht«, sagte Mika und blinzelte aus seiner ausgeleierten Maske. »Wenigstens bist du nicht so schlimm wie manche anderen Feinde.«

»Wer jetzt? Wer sind denn Batmans schlimmste Feinde?«, fragte ich, obwohl ich merkte, dass er sich ein bisschen sträubte. Natürlich bestand die Gefahr, dass er gleich überhaupt nichts mehr sagte, aber ich hatte das Gefühl, dass er irgendetwas auf dem Herzen hatte. Etwas, was man nur anzutippen brauchte, und es sprudelte aus ihm heraus.

»Der Pinguin, der Joker, Catwoman, der Riddler und Two-Face«, zählte Mika auf. »Und die aus der 2B«, fügte er so leise hinzu, dass ich zuerst dachte, ich hätte mich verhört.

»Die aus der 2B? Warum sind die denn Batmans Feinde?«, wollte ich wissen.

»Weil sie ihn die ganze Zeit ärgern«, sagte Mika immer noch mit der Flüsterstimme.

Ich blieb stehen, aber Mika ging weiter.

»Mika, warte! Stimmt das wirklich?«, rief ich ihm hinterher, aber jetzt rannte er sogar los. Ich wusste, dass er wahnsinnig schnell rennen konnte, wenn er erst mal nichts mehr hören und sehen wollte. Dann wurde er zum wilden Steppenhasen, den jemand wie ich niemals einholen würde. Also versuchte ich es erst gar nicht.

Ärgern ist dumm

Mika wurde also geärgert. Ausgerechnet Mika, der selbst nie jemanden ärgerte. Der Ritter der Nacht, unser Batman, der Held der Dunkelheit, der Mika aus unserer Klasse und unser aller Freund.

»Warum hast du denn nie erzählt, dass du die ganze Zeit geärgert wirst?«, fragte ihn Hanna.

Ich hatte es Hanna nämlich erzählt. Sie hatte mir nur versprechen müssen, dass sie's nicht weitererzählt, und sie hatte ihr Versprechen auch gehalten und es nur Tiina weitererzählt, die es auch nur Timo und dem Rambo und Pekka weitererzählt hatte.

Mika brauchte man es ja nicht weiterzuerzählen, weil er es schon wusste. Jetzt wussten alle, dass er geärgert wurde, nur nicht, von wem. Das hatte ich nämlich nicht erzählt.

»Wer sagt denn, dass mich jemand ärgert?«, sagte Mika und zog sich seine Maske tiefer ins Gesicht. Sie war jetzt schon so ausgeleiert, dass sie ihm dauernd über die Augen rutschte und er sie hochziehen musste, sonst war er nämlich blind, und anscheinend war das auch für einen Fledermausmann nicht so praktisch.

»Gestern hast du aber noch was anderes erzählt«, erinnerte ich ihn.

»Das war gestern«, sagte er trotzig.

Ärgern ist dumm. Und außerdem hässlich, idiotisch, bescheuert, doof, gemein, billig, fies und so verkehrt wie nur was. Immer. Und bei Mika, der keinem was Böses will, sowieso. Gut, er flattert manchmal mit seinem wehenden Umhang durch die Gegend. Aber er passt immer auf, dass er keinem in die Quere kommt und mit niemandem zusammenrasselt. Genau wie Batman fühlt er sich im Dämmerlicht am wohlsten, und manche Sachen macht er lieber allein, dann lässt man ihn am besten in Ruhe. So ist er eben, und weil er unser Freund ist, macht es uns nichts aus. Ein bisschen rätselhaft muss Batman ja auch sein.

»Ich pack mir die eine Hälfte von denen, die ihn ärgern, und hau sie der anderen Hälfte um die Ohren!«, knurrte der Rambo. »Wenn die das schlechte Gewissen nicht packt, muss eben *ich* es machen.«

»Du bleibst hier! Gewalt ist keine Lösung«, sagte Timo, der als Einziger so mit dem Rambo reden darf.

»Außer beim Eishockey«, sagte Pekka, der nicht nur unser Klassendödel, sondern auch ein großes Eishockey-Ass ist.

»Wer das Schwert nimmt, soll den Stock im Auge spüren«, sagte Timo, was uns ein bisschen wunderte, weil er doch gerade noch behauptet hatte, dass Gewalt keine Lösung sei. Aber vielleicht sind manche Sprichwörter auch einfach nur zu kompliziert für uns.

Und dann verlor Hanna die Geduld.

»So, Mika, und jetzt sag uns endlich: *Wer ärgert dich?*«, sagte sie plötzlich.

Sie legte Mika die Hand auf die Schulter, und erst sah es so aus, als wollte er die Hand abschütteln und losflattern, aber dann passierte was, womit niemand gerechnet hatte: Er beugte sich nach vorn und flüsterte Hanna was ins Ohr.

Hanna hörte ihm zu, dann nickte sie und schaute ernst in die Runde.

»Superman«, sagte sie.

Von Mika kam ein kaum hörbares Fiepen, seine Augen in den Löchern der Maske flackerten, und man sah richtig, wie er schrumpfte.

»Superman«, wiederholte Mika leise.

»Superman?«, wunderte ich mich.

»Ehrlich?«, fragte Timo.

Mika nickte erst nur ganz vorsichtig und dann immer heftiger.

»Aber ... ich dachte, es wären die aus der 2B?«, verriet ich jetzt, was ich wusste.

Mika nickte wieder und diesmal so heftig, dass ihm die ausgeleierte Batman-Maske komplett über die Augen rutschte und er sie abnehmen und neu aufsetzen musste.

»Ich glaube, ich verstehe«, sagte Timo, und uns anderen fiel ein Riesenstein vom Herzen, weil wir nämlich gar nichts verstanden. Es konnte doch wohl nicht sein, dass sich Superman seit Neuestem mit der Parallelklasse verbündet hatte.

»Dann geht Superman also in die 2B?«, fragte Timo, der offenbar doch an etwas in der Richtung dachte.

»Ja«, sagte Mika. »Genau wie seine Freunde.«

»Aber ich hab bei denen noch nie einen Superman gesehen«, mischte sich jetzt Pekka ein.

»Logisch nicht. Weil man ihn in seinen normalen Kleidern natürlich nicht erkennt. Das ist bei Superman genauso wie bei Batman«, erklärte ihm Mika in einem Ton, als müsste das jeder wissen.

»Und weißt du, *wer* von denen Superman ist?«, fragte Hanna.

»Das wollen sie mir nicht sagen«, sagte Mika zerknirscht. »Sie sagen nur, dass ich nicht mehr Batman sein darf, weil die Schule jetzt Supermans Revier ist. Sie sagen, dass ich meine Batman-Sachen ausziehen muss, und darum zupfen sie auch immer an meiner Maske und meinem Umhang.«

Wir sahen einander betroffen an. Die Lage war noch viel schwieriger, als wir gedacht hatten. Denn natürlich wollten wir was gegen diesen selbst ernannten Superman unternehmen. Die Frage war nur, wie? Wie konnte man jemandem das Handwerk legen, wenn man nicht mal wusste, wer er war?

»Und wegen dieser Superman-Sache hast du dich auch im Zimmer der Direktorin versteckt«, stellte Hanna fest.

»Dort haben sie nicht nach mir gesucht«, sagte Mika.

»Und wann hat das alles angefangen?«, fragte ich.

»Fast gleich als die Frau vom Lehrer in der Elternzeit war und der Schornstein als Vertretung gekommen ist«, sagte Mika.

»Und warum hast du uns nicht schon früher davon erzählt?«, wollte Tiina wissen.

»Weil Batman nicht um Hilfe bittet«, erklärte ihr Mika. »Und weil ich mir dachte, dass ich ja sowieso das mit den Heldentaten mache und hinterher zum geheimen Batman-Treffen darf. Da lernt man nämlich auch, wie man mit Superman fertig wird.«

Es klang irgendwie logisch, und trotzdem wurde ich das Gefühl nicht los, dass Mika die Sache ein bisschen zu rosig sah. Ich dachte, irgendwo klafft in Mikas Plan eine Lücke, und wenn wir nicht aufpassen, schlüpft uns der fiese Superman durch genau diese Lücke durch. Ich hatte nur nicht den Mut, es Mika zu sagen.

Bei Gefahr Scheibe einschlagen!

Der Lehrer hatte supergute Laune und summte das Lied von dem Pechvogel, der einen Korb Ziegel aufs Dach zieht, die ihm dann auf den Kopf fallen. Er zerlegte gerade die Rolle an der Angel aus Pekkas alter Garage und war schon fast damit fertig. Tiina, Mika und ich bearbeiteten Pekkas altes Kinderbett mit Schleifpapier, Timo und Hanna malten die Kehrschaufel an, und Pekka und der Rambo spielten Tennis gegen die Wand. Dass sie nur einen Schläger hatten, an dem noch dazu die Saiten gerissen waren, schien sie nicht zu stören.

»Habt ihr die Sachen aus dem Haus eigentlich wieder zurück?«, fragte der Lehrer Pekka.

»Ja«, sagte Pekka. »Mein Vater und ich mussten sie nur von der Müllkippe holen. Es war toll, und mein Vater hat noch so viele andere Klassesachen gefunden, dass unsere neue große Garage wieder genauso voll ist wie die alte.«

Der Lehrer lachte und begann, die Zahnräder der Angelrolle zu ölen.

»Mit dem Recycling-Markt stehlen wir allen die Schau«, versprach er uns. »Die Präsidentin wird gar nicht mehr in die Schule reingehen wollen, so begeistert wird sie davon sein. Und ich werde die Gelegenheit beim Schopf packen: Während die Präsidentin unsere astreine Arbeit bewundert, werde ich ihr meine Vorschläge für eine Schule der Zukunft unterbreiten. Ich könnte mir gut vorstellen, dass man für einen überragenden Erziehungsexperten wie mich auch an höherer Stelle Verwendung hat.«

Der Lehrer lächelte selig, und genau da traf Pekka mit einer Rückhand die Blumenvase auf dem Lehrertisch. Der Lehrer bewahrte darin Blumen auf, die er letzten Frühling bekommen hatte und an denen er anscheinend so hing, dass er sie nicht wegwerfen wollte. Sie waren schon ganz trocken, und jetzt waren sie mitsamt der Vase hin.

»Jungs sind Jungs, und Direktorinnensöhne sind Direktorinnensöhne, was will man machen«, sagte der Lehrer und sah schmunzelnd zu, wie Pekka und der Rambo die im ganzen Klassenzimmer verstreuten Scherben der Vase einsammelten. Dann hatte er eine Idee. »Mika, schau doch mal im Raum für Bastelsachen nach, ob wir Kleber haben, mit dem man Porzellan kleben kann!«, sagte er.

Mika kriegte einen solchen Schreck, dass ihm die ausgeleierte Maske verrutschte. Als er sie wieder zurechtgerückt hatte, sah man die Angst in seinen Augen.

»Darf ich mit Mika mitgehen?«, fragte ich den Lehrer.

»Und ich auch?«, meldete sich Hanna.

»Ich sollte besser auch mitkommen«, sagte Timo.

»Aber vor allem der Rambo«, sagte Tiina.

»Was ist das denn für ein Unfug?«, fragte der Lehrer. »Der Raum ist gleich um die Ecke, da kann Mika doch wohl alleine hin. Oder Batman. Für den ist das doch ein Routinejob.«

Dann lachte er über seinen eigenen Witz und schickte Mika alleine los.

Es folgte eine Unheil verkündende Stille, die nur hin und wieder vom gut gelaunten Summen des Lehrers unterbrochen wurde. Er summte, und draußen wanderte Batman mutterseelenallein über die verlassenen Flure, wo Superman und seine Spießgesellen nur auf eine Gelegenheit warteten, um ihn sich zu schnappen. Mika war immer noch nicht zurück, als der Lehrer die geölte Angelrolle wieder zusammenbaute und uns seine Zukunftspläne für die Schule erklärte:

»Als Erstes werde ich der Präsidentin vorschlagen, dass für Lehrer Rangabzeichen eingeführt werden wie bei der Armee. Die Ränge wären der Reihe nach Anfangslehrer, Unterlehrer, Lehrer, Oberlehrer, Unterpauker, Pauker, Oberpauker, Unterhauptlehrer, Hauptlehrer, Oberhauptlehrer, Unteroberdirektor, Mitteloberdirektor und Überoberdirektor. Als Rangabzeichen hätte der Anfangslehrer einen Kreidefleck am Kragen, der Unterlehrer zwei und immer so weiter bis zum Oberpauker. Der Unterhauptlehrer hätte dann ein Kreuz aus Zeigestöcken, der Hauptlehrer zwei und der Oberhauptlehrer drei, und beim Unteroberdirektor fingen die Tafelschwämme an, erst in Bronze, dann in Silber und zum Schluss in Gold. – Na, was sagt ihr dazu?«

Wir sagten nichts dazu, weil wir immer noch auf Mika warteten, der jetzt schon viel zu lange unterwegs war.

»Eine solche Rangordnung regelt natürlich auch das Grüßen«, erklärte uns der Lehrer weiter. »Das heißt, die unteren Ränge grüßen die oberen zuerst. Ein angemessener Gruß wäre beispielsweise, dass der oder die Ranguntere den oder die Rangobere mit einem kurzen Schulterklopfen begrüßt, auf das der oder die Rangobere mit einem leichten Seufzen antwortet.«

Wenn Mika nicht bald kam, würden wir ihm zu Hilfe eilen müssen, egal, was der Lehrer gerade Wichtiges erklärte.

Ich meldete mich dann als Erste.

»Bitte, ich müsste dringend auf die Toilette!«, sagte ich.

Der Lehrer hob den Blick von der Angelrolle und seufzte. Dabei hatte ich ihm gar nicht auf die Schulter geklopft. Ich war nur zur Tür gesaust. Und draußen auf dem Flur sauste ich gleich weiter zum Raum für die Bastelsachen.

Der Raum für die Bastelsachen war leer. Und auch sonst war Mika nirgends zu sehen. Dann sah ich, dass die Tür zum Klassenzimmer der 2B einen Spalt offen stand, und schaute vorsichtig hinein. Mika saß mit einer Riesentube Patentkleber auf einem Stuhl und war von den Parallelklässlern umzingelt. Auch der Schornstein stand dabei und hatte Zornfalten auf der Stirn.

»Gib's zu, dass du den Schulkleber stehlen wolltest!«, fuhr er Mika an. »Was hast du damit vor? Sag schon!«

Mika fiepte nur leise und schüttelte den Kopf.

»Wenn du nicht stehlen wolltest, warum hast du dann versucht, nach draußen abzuhauen? Na? Warum hast du erst aufgegeben, als dich meine Schüler geschnappt haben? *Die* würden niemals stehlen, lass dir das gesagt sein!«

Unter Mikas Maske war jetzt undeutliches Gemurmel zu hören.

»Nimm diese bescheuerte Maske ab, man versteht ja kein Wort!«

Mika erstarrte von einem Moment auf den anderen. Genau darauf warteten die Parallelklässler ja! Dass Batman die Maske abnahm und entzaubert war. Wenn Batman die Maske abnahm, war seine Geschichte zu Ende.

Und genau da fielen mir diese Dingsbumsvögel ein, die Herkules mit riesigen Klappern vertrieben hatte. In meiner Not überlegte ich mir, zum Musiksaal zu laufen, aber bis dahin war es viel zu weit, und ich konnte mir auch nicht vorstellen, dass sich die aus der 2B mit ganz normalen Holzklappern oder Gongs oder so was vertreiben ließen. Ich schaute verzweifelt den Flur ent-

lang und sah nichts als dicke Jacken an den Garderobenhaken und darunter Winterstiefel, mit denen man bei uns nicht in die Klassenzimmer darf. Nicht weit vom Lehrerzimmer stand die Vitrine mit einem verstaubten ausgestopften Hasen und einem Globus. Ob sich damit was anfangen ließ? Nein. Aber gleich neben der Vitrine hing das kleine Kästchen mit vorne einer Glasscheibe und drunter einem roten Knopf.

Bei Gefahr Scheibe einschlagen!, stand über dem Knopf.

Und Mika war in Gefahr!

Der Feueralarm ging genau da los, als der Schornstein nach Mikas Maske griff, und der Lärm war so schlimm, dass sich die Parallelklässler mitsamt ihrem Lehrer nur noch die Ohren zuhielten und an mir vorbei ins Freie rannten. Mika wäre auch an mir vorbeigerannt, aber ich schnappte ihn mir und zog ihn mit in unsere Klasse, wo der Lehrer vorschriftsmäßig unseren geordneten Abmarsch organisierte.

»Es handelt sich wahrscheinlich nur um einen falschen Alarm, aber wir verlassen trotzdem ruhig das Gebäude«, sagte er und führte uns auf den Hof, wo schon die ganze Schule versammelt war.

Mika war in Sicherheit. Dafür steckte *ich* wahrscheinlich in den dicksten Schwierigkeiten meines Lebens.

Ich hab mich sogar schon auf ihre Stelle beworben

»Aber ich hab ganz bestimmt was Brenzliges gerochen«, erklärte ich dem Feuerwehrhauptmann, der Direktorin, unserem Lehrer, dem Schornstein und meinen Eltern, die alle um mich herumstanden und ganz schön sauer aussahen. Sie hatten mich auf den Stuhl vorm Schreibtisch der Direktorin gesetzt, und wenn ich zu ihnen hochschaute, sahen sie wie Riesen aus.

»Wir haben keinerlei Anzeichen eines Brandes gefunden«, sagte der Feuerwehrhauptmann.

»Das hier ist eine ernste Angelegenheit. Ein Feueralarm ist kein Witz«, sagte die Direktorin.

»Dafür gibt's Hausarrest, das ist dir doch wohl klar«, sagten meine Eltern.

»*Meine* Schüler toben *nicht* während der Unterrichtsstunden durchs Schulhaus und drücken Feueralarmknöpfe«, sagte der Schornstein.

»Wie ich Ella kenne, hat sie für das alles bestimmt eine gute Erklärung«, versuchte mich der Lehrer zu verteidigen.

»Ich hab die Dings … die Stymphalischen Vögel vertrieben«, sagte ich.

»Na also, was hab ich gesagt!«, freute sich der Lehrer.

»Und damit hab ich gleichzeitig Batman aus den Klauen von Superman gerettet«, fuhr ich fort.

»Da seht ihr's!«, sagte der Lehrer in die Runde der Erwachsenen. »Es gibt für alles eine ganz natürliche Erklärung. Ihr an Ellas Stelle hättet bestimmt ganz genauso gehandelt.«

»Unsere Tochter hat ein bisschen eine lebhafte Fantasie und kann nicht immer die Folgen ihrer Handlungen abschätzen«, sagte mein Vater. »Aber sie wird sich schön bei allen entschuldigen, stimmt's?«

»Entschuldigung!«, sagte ich.

»Wenn ich sicher sein kann, dass so was nicht noch mal vorkommt, bin ich bereit, dass Ganze als Übung anzusehen«, sagte der Feuerwehrhauptmann. »Tatsächlich hab ich die Schule hier erst letzte Woche mit rotem Filzstift markiert. Das heißt bei uns Feuerwehrleuten, dass dort bald eine Übung fällig ist.«

Dann ging der Feuerwehrhauptmann, aber vorher schaute er unseren Lehrer noch mal so streng an, dass der auf einmal aussah, als hätte man sein Gesicht auch mit rotem Filzstift markiert.

»Du kommst heute direkt von der Schule nach Hause – es reicht mit dem Unsinn!«, sagte meine Mutter.

Dann gingen auch meine Eltern.

Jetzt waren nur noch ich, unser Lehrer, die Direktorin und der Schornstein übrig.

»Sag mal, wächst dir die Arbeit ein bisschen über den Kopf?«, fragte die Direktorin unseren Lehrer.

»Ich kann seine Arbeit gern mit übernehmen. Mir fehlt es weder an Zeit noch an Energie«, sagte der Schornstein und klopfte unserem Lehrer auf die Schulter.

»Ich hab alles im Griff«, seufzte der Lehrer.

»Du kommst zu spät zur Schulversammlung, dir geht deine kleine Tochter verloren, du lässt unseren kompletten Hausstand auf die Müllkippe schaffen, und jetzt alarmieren deine Schüler auch noch die Feuerwehr – und du findest, du hast alles im Griff?«, fragte die Direktorin und klang echt besorgt.

»Ich könnte auch nur einen Teil seiner Schüler in meine Klasse nehmen«, schlug der Schornstein vor. »Zum Beispiel die Kleine hier mit zu viel Fantasie und den, der immer mit der Maske herumläuft.«

»Vergiss es!«, sagte unser Lehrer mit seiner Lehrerstimme. »Wie ich schon sagte: Ich hab alles im Griff.«

»Wenn hier einer alles im Griff hat, dann ich!«, sagte der Schornstein. Dabei ballte er die Fäuste und machte die Arme breit wie die Bodybuilder, wenn sie ihre Muskeln zeigen wollen. »An meiner alten Schule haben sie mich Superman genannt.«

»Gut zu wissen«, sagte die Direktorin. »Aber Schüler nehmen wir nur aus ihrer angestammten Klasse, wenn es gar nicht mehr anders geht.«

»War's das dann?«, fragte unser Lehrer vorsichtig.

»Fürs Erste ja«, sagte die Direktorin. »Sieh einfach zu, dass du die Bande im Auge behältst! Du kennst sie doch.«

»Kann ich noch was für dich tun?«, fragte der Schornstein die Direktorin. »Soll ich dir einen Kaffee holen? Ich hab Zeit. *Meine* Schüler toben *nicht* über die Flure. Die sitzen brav über den Aufgaben, die ich ihnen gegeben habe.«

Aber die Direktorin winkte nur müde ab.

Draußen auf dem Flur funkelte unser Lehrer den Schornstein böse an und zischte: »Warum schlägst du ihr nicht vor, dass du ihre Arbeit auch gleich mit erledigst?«

»Weil ich das längst gemacht habe, werter Kollege«, sagte der Schornstein. »Ich hab mich sogar schon auf ihre Stelle beworben.«

Der Lehrer blieb wie vom Donner gerührt stehen, während der Schornstein lachend in seiner Klasse verschwand. Sein Lachen hörte man sogar noch, als die Tür zu war, und es klang schaurig.

Von Pekka erfuhren wir dann, was es mit der Stelle der Direktorin auf sich hatte.

»Hab ich schon erzählt, dass meine Mutter neue Schuldezementin wird«, erzählte er, während er mit dem Rambo die Scherben der kaputten Vase sortierte.

»Es heißt Dezernentin«, sagte der Lehrer. Dann runzelte er die Stirn. »Du meinst, *sie* wird die neue Schuldezernentin, die man bei der Gemeinde sucht?«

»Sonst könnten wir uns das Haus mit der größeren Garage ja gar nicht leisten«, erzählte Pekka. »Als Dezementin verdient sie mehr, und wir kriegen ein größeres Auto. Darum brauchen wir ja auch die größere Garage. Das Dumme ist nur, dass die schon wieder voll ist.«

Wir hielten den Atem an, weil wir uns denken konnten, was jetzt in unserem Lehrer vorging. Aber er sagte nichts. Er schaute nur stumm auf die Angelrolle, die so gut wie fertig war, und auch wir machten mit unserer Arbeit weiter. Pekka und der Rambo fingen jetzt an, die Vase wieder zusammenzukleben.

Und dann legte der Lehrer los: »Warum weiß ich nichts davon? Warum hat man mir nichts erzählt? – Weil es sich um eine Verschwörung handelt, darum! Weil man weiß, dass *ich* Direktor werden will, schon immer! Und weil man weiß, dass ich genau der Richtige dafür wäre: hervorragend ausgebildet, erfahren und mit dem nötigen Geschick nicht nur im Kopf, sondern auch in den Händen!«

Inzwischen schnurrte die frisch geölte Angelrolle

wieder wie neu, und der Lehrer montierte sie an die Rute, um sie zu testen. Er holte aus und probierte einen Wurf, aber da löste sich leider die Spule mit der Angelschnur und fiel klappernd auf den Boden. Das Komische war nur, dass hinterher die ganze Schnur als Riesenknäuel um die eine Hand des Lehrers gewickelt war. Es sah aus, als hätte er Zuckerwatte ohne Stäbchen gekauft.

Dass ich nach der Schule nicht mit zur Versammlung im alten Bus kommen konnte, war natürlich dumm. Aber wenigstens konnte ich Hanna vorher noch alles Wichtige erzählen, also dass der Schornstein mich und Mika in seine Klasse holen wollte, dass er es auf die Stelle der Direktorin abgesehen hatte und dass er selbst zugab, dass *er* der geheime Superman war. Ganz zum Schluss erzählte ich ihr auch noch die gute Nachricht, dass die Stymphalischen Vögel vertrieben waren.

Die Hälfte der Heldentaten war vollbracht, aber Mika würde sich beeilen müssen, wenn er Supermans böse Pläne heil überstehen wollte.

Moment mal!

Weil am nächsten Tag Samstag war und ich das ganze Wochenende Hausarrest hatte, weiß ich über Mikas nächste zwei Heldentaten nur das, was ich von den anderen gehört habe. Wie Timo erzählte, ging es dabei um das Einfangen des Kretischen Stieres und die Zähmung der menschenfressenden Pferde des Diomedes. Der Kretische Stier war aus dem Meer aufgestiegen und unglaublich schön, wild und stark, und die Pferde des Diomedes fraßen wirklich Menschen, was mich aber schon nicht mehr wunderte, weil zu Zeiten dieses Herkules anscheinend alle Tiere nicht ganz bei Trost waren. Jedenfalls war Herkules noch stärker als der Stier und fing ihn ein, und die starken Wächter der Pferde besiegte er auch, und die Pferde selbst hatten bei ihm nichts mehr zu melden und wurden zahm.

Wie Mika seine siebte und achte Heldentat vollbrachte, war nicht ganz klar, weil jeder ein bisschen was anderes erzählte.

Mika fing an und behauptete, die anderen hätten ihn gezwungen, dem Verderben direkt ins Auge zu schauen, und es sei gruselig gewesen.

»Der Stier war unheimlich groß und schwarz wie die Nacht«, erzählte er. »Seine Nüstern haben gedampft und seine Augen rot geglüht. Ich hab mir die Maske über die Augen gezogen, aber dann hat er wild geschnaubt und mit den Hufen gescharrt, und ich hab wieder hingeschaut. Dann hat er angegriffen. Von den Hufen hat es Funken gesprüht, und die Erde hat gebebt. Meine Knie haben geschlottert, aber ich hab ihm trotzdem direkt in die Augen geschaut. Er ist genau auf mich zugekommen, und auf einmal hatte ich nur noch Angst, was meine Mutter sagt, wenn sie rauskriegt, auf was für gefährliche Sachen ich mich einlasse. Aber es war natürlich zu spät, um noch was rückgängig zu machen. Ich konnte nur warten, was der wütende Stier jetzt vorhatte.«

Während er erzählte, war Mika ganz blass geworden.

»Und dann? Was hat der wütende Stier gemacht?«, wollte ich wissen.

»Er ist gestorben«, sagte Mika und schob die Hand unter die Maske, um sich den Schweiß von der Stirn zu wischen.

»Es war wirklich ein schreckliches Tier«, sagte Tiina. »Seine Hörner waren bestimmt einen Meter lang.«

»Echt?«, fragte ich.

»Ich hätte dem Ochsen die Hörner verbogen, aber das ging ja nicht«, beschwerte sich der Rambo.

»Ich fand die Monsterspinne, die ich mal gesehen habe, schlimmer«, mischte sich jetzt Pekka ein. »Die war so groß wie ein Rhinozeros und hat auf Hausdächern gelauert, dass unten Menschen vorbeikommen. Denen ist sie dann von oben in den Nacken gesprungen!«

»Und dann? Was ist mit der Monsterspinne passiert?«, fragte ich. »Ist sie auch gestorben?«

»Keine Ahnung«, sagte Pekka. »Meine Mutter ist gekommen und hat den Fernseher ausgemacht.«

»Den Fernseher? Dann hast du die Monsterspinne gar nicht in echt gesehen?«

»Doch. Echt im Fernsehen.«

So langsam ging mir ein Licht auf.

»Und den Stier? Habt ihr den auch im Fernsehen gesehen?«, fragte ich.

»Ja«, gab Hanna zu.

»Wir haben zu Hause einen Film über einen unbesiegbaren Stier, der irgendwann vor Altersschwäche gestorben ist, den haben wir zusammen geguckt«, erklärte mir Timo.

»Er war echt gruselig«, seufzte Mika.

»Und die Menschenfresserpferde? Habt ihr die auch nur im Fernsehen gesehen?«, fragte ich ein bisschen enttäuscht.

Aber da schüttelten alle den Kopf.

»Die waren echt und haben auch echt gestunken«, sagte Pekka.

»Geduftet«, korrigierte ihn Tiina.

»Sie waren gut bewacht, aber ich hab mich maskiert und die richtige Gelegenheit abgepasst«, erzählte Mika vom Anfang seiner achten Heldentat.

»Moment mal!«, unterbrach ich ihn, damit er gleich merkte, dass ich mich nicht noch mal aufs Glatteis führen ließ. »Wie maskiert sich denn Batman?«

»Er nimmt seine Maske ab, ganz einfach«, sagte Mika. »Ich hab die Maske abgenommen und bin nur so herumgestanden, damit keiner Verdacht schöpft, dass ich in Wirklichkeit Batman bin, der einen gefährlichen Auftrag zu erledigen hat. Da waren zwei Gestalten mit Peitschen, aber als sie mal in die andere Richtung geguckt haben, bin ich zu den Tieren hingerannt und hab mir ihre Zügel gegriffen.«

»Mika hat sich echt wie ein Held benommen«, sagte Hanna anerkennend. »Er hat erst nach seiner Mutter geschrien, als sie ihn schon zu zweit am Wickel hatten.«

»Dann haben die Wächter ihn also erwischt?«, fragte ich erschrocken. »Und was haben sie mit ihm gemacht?«

»Ihn hochgehoben und gefragt, ob jemand den Bengel kennt«, erzählte Hanna.

»Aber niemand hat es zugegeben, nicht mal Mikas

Mutter, die ganz in der Nähe gestanden und sich mit Hanna unterhalten hat«, berichtete Tiina. »Dabei hat Mika gestrampelt und geschrien wie am Spieß.«

»Und dann?«, fragte ich entsetzt.

»Was jetzt kommt, ist typisch für menschenfressende Pferde«, sagte Timo, als wollte er mich schonend auf etwas vorbereiten, was mich vielleicht schockierte.

»Dann sind die Tiere von dem Geschrei ganz wild geworden, und eins davon hat eins von den zwei Ponyhofmädchen, die Mika hochgehoben haben, in den Po gebissen«, berichtete Tiina weiter. »Es hat ihr aber nichts

ausgemacht. Jedenfalls hat sie Mika noch in die Warteschlange zurückgetragen und ihm gesagt, dass er gefälligst warten soll, bis er dran ist, so wie alle anderen auch, die zum Ponyreiten kommen.«

»Das waren Ponys, und die Wächter waren Ponyhofmädchen? Sollten es nicht Pferde sein? Und hätten die Wächter nicht groß und stark sein müssen, wenn sie erst ein Herkules besiegen konnte?«

Ich hatte echt meine Zweifel, ob man die beiden Heldentaten gelten lassen konnte, aber Timo beruhigte mich.

»Es ist noch kein Herkules vom Schimmel gefallen«, sagte er, und meine Zweifel waren verflogen.

Angeblich war Mikas Mutter hinterher richtig nett und hat allen eine Runde Ponyreiten spendiert. Nur Mika wollte nicht, aber das kann man verstehen nach zwei solchen Abenteuern.

Ein Klassentreffen?

Der Besuch der Präsidentin rückte allmählich näher, und wir sammelten immer noch Sachen zum Recyceln. Hanna brachte zum Beispiel ein altes Springseil mit Holzgriffen.

»Da braucht man nur ein neues Seil, dann ist es wieder spitze«, sagte sie.

Tiina brachte den Schminkbeutel ihrer Mutter, der noch voller brauchbarer Schminksachen war. Wir recycelten sie die ganze große Pause hindurch und sahen danach alle wie neu aus, vor allem Pekka, dem wir einen schönen rosa Kussmund, Sommersprossen und rote Bäckchen geschminkt hatten. Ich selbst hatte ein Kleid mitgebracht, das mir nicht mehr passte, das zogen wir ihm auch noch an.

»Jetzt haben wir eine Klassendödeline«, sagte Hanna.

»Wo denn?«, fragte Pekka und schaute hinter sich.

Timo hatte einen Karton voller Bücher gebracht.

»Und du meinst, mit denen kann man noch was anfangen?«, fragte ich, weil die Einbände zerkratzt und ausgebleicht und die Seiten voller Eselsohren waren.

»Die Geschichten in den Büchern sind noch vollkommen in Ordnung«, sagte Timo. »Bücher recycelt man am besten, indem man sie jemandem gibt, der sie noch nicht gelesen hat.«

Der Rambo brachte natürlich keine Bücher, sondern ein Paar Boxhandschuhe.

»Willst du keinem mehr auf die Birne hauen?«, fragte Tiina hoffnungsvoll.

»Oder auf die Nase?«, erkundigte sich Hanna.

»Oder auf die Zwölf?«, wollte Timo wissen.

»Wie kommt ihr denn *darauf?*«, wunderte sich der Rambo. »Das sind meine Zweithandschuhe. Die soll jemand anders haben, weil ich einen Sparringspartner brauche. Wer sie kauft, kann sich auf was gefasst machen, dann gibt's nämlich was auf die Glocke!«

Von da an hoffte ich, dass die Präsidentin nicht zufällig Boxhandschuhe brauchte.

Pekka brachte nichts, aber er erzählte, dass er fast seinen Vater angeschleppt hätte. Der habe sich nur leider geweigert mitzukommen.

»Heißt das, du wolltest deinen eigenen Vater recyceln und dann verkaufen?«, wunderte sich Timo.

»Nein, nur aufpolieren«, sagte Pekka. »Er hat zu meiner Mutter gesagt, er wäre noch tipptopp in Schuss, und sie hat gesagt, sie könnte sich da schon ein paar Schönheitsreparaturen vorstellen.«

»Das hat sie gesagt? Und dann?«, fragte ich.

»Hat sie ihm ein Küsschen gegeben«, sagte Pekka, und wir waren uns einig, dass man Erwachsene manchmal einfach nicht versteht.

Aber am meisten wunderten wir uns über Mika. Er hatte nämlich einen ganzen Karton Batman-Masken und Batman-Umhänge mitgebracht. Wir hatten gar nicht gewusst, dass er so viele davon hatte, zumal er dann ja längst die ausgeleierte Maske hätte wechseln können. Mika ist manchmal schon sehr rätselhaft. Oder Batman.

»Die Sachen sehen doch noch gut aus«, sagte ich. »Willst du die wirklich hergeben?«

»Batmans Geschichte geht zu Ende«, sagte Mika mit dumpfer Stimme. »Ich hab schon acht Heldentaten vollbracht und bin immer noch kein Stück gewachsen. Außerdem sagen die von der 2B, dass ich Superman kein zweites Mal entkommen werde. Erst heute Morgen haben sie's wieder hinter mir hergerufen.«

Er zupfte nervös an seiner sowieso schon ausgeleierten Maske und wischte sich einen Tropfen von der Kinnspitze, von dem man nicht wusste, ob er aus den Augen oder der Nase stammte. Mir tat mein Freund so oder so leid. Er tat uns allen leid.

»Du darfst nicht aufgeben. Alles wird gut«, versuchte ich ihm Mut zu machen.

»Du wirst sehen, es renkt sich alles ein«, versprach ihm Hanna.

»Das Schlimmste hast du längst hinter dir«, tröstete ihn Tiina.

»Und wer was von dir will, dem steht das Allerschlimmste erst noch bevor!«, knurrte der Rambo.

»Was uns nicht umbringt, macht uns Ärger«, sprach Timo wieder mal in Rätseln.

»Von wem redet ihr eigentlich?«, wollte Pekka wissen.

Mika sah hin- und hergerissen aus. Er rieb sich die Augen, aber er verzog auch den Mund zu einem kleinen Lächeln.

Genau da kam die Direktorin mit dem Schornstein in die Klasse.

»Was hab ich gesagt?«, sagte der Schornstein und lächelte fies. »Er lässt die Kinder ständig allein. Heute hatte kaum die erste Stunde angefangen, da hab ich ihn schon aus dem Klassenzimmer schleichen sehen.«

Die Direktorin betrachtete interessiert unsere schön geschminkten Gesichter und besonders interessiert natürlich das von Pekka. Oder eigentlich das von unserer neuen Klassendödeline, die ihr freundlich zuwinkte. Auf der Stirn der Direktorin erschien jetzt eine Falte.

»Wo ist euer Lehrer?«, fragte sie.

Aber das wussten wir leider auch nicht. Der Lehrer

hatte uns nur gesagt, dass er was Wichtiges zu erledigen habe.

»Sieht so aus, als hättest du recht«, seufzte die Direktorin, und der Schornstein nickte. »Gut, dann nimmst du zwei von ihnen gleich mit. – Wen schlägst du vor?«

»Den Jungen in der Verkleidung, die in der Schule nichts verloren hat, und das neue Mädchen mit den Sommersprossen«, sagte der Schornstein.

»Das Mädchen ist mein Sohn«, sagte die Direktorin leise.

»Dein Sohn ist ein Mädchen?«, wunderte sich der Schornstein.

Es war alles ganz schrecklich, aber jetzt mussten wir trotzdem lachen. Es war auch zu komisch, dass der Schornstein Pekka nicht erkannte.

»Vielleicht nimmst du erst mal nur Mika mit, dann sehen wir weiter«, sagte die Direktorin und wollte schon gehen, als plötzlich die Tür aufgerissen wurde und unser Lehrer hereingestürmt kam.

»Was soll das denn für ein illustriertes Treffen sein?«, keuchte er.

So haben wir's jedenfalls verstanden, und erst später hat uns Timo erklärt, dass der Lehrer »illustres Treffen« gesagt hatte und dass »illuster« vornehm heißt.

»Ein Klassentreffen, glaub ich«, sagte Pekka.

»Wo warst du?«, fragte die Direktorin streng.

»Auf dem Rathaus, meine Bewerbung abgeben«, sagte der Lehrer mit fester Stimme. »Ich bewerbe mich nämlich auch auf deine Stelle, und heute war der Stichtag.«

»Du hast deine Klasse also schon wieder unbeaufsichtigt gelassen«, stichelte der Schornstein.

»Und wer beaufsichtigt deine gerade, wenn ich fragen darf?«, fragte der Lehrer zurück.

Das saß. Der Schornstein zeigte auf Mika, fauchte: »Du kommst in der nächsten Stunde in meine Klasse!«, und rannte aus der Tür.

»Du brauchst dich nicht so zu beeilen!«, rief ihm der Lehrer hinterher. »Ich hab unterwegs bei deinen Schützlingen reingeschaut und ihnen neue Aufgaben gegeben. Irgendwer muss sich schließlich um sie kümmern, während ihr Lehrer durchs Schulhaus rennt und Kollegen bei der Direktorin verpetzt!«

Dann machte der Lehrer die Tür zu und drehte sich zur Direktorin um.

»Was war das gerade? Mika soll in seine Klasse kommen? Warum das denn?«

»Nimm es als Warnung!«, sagte die Direktorin. »Und zusätzlich spreche ich hiermit eine offizielle Rüge aus.«

»Eine Rüge?«, fragte der Lehrer.

»Mir bleibt nichts anderes übrig«, sagte die Direktorin. »Und glaub mir, die Sache ist ernst.«

»Wie ernst?«, fragte der Lehrer.

»So ernst, dass ich es für ausgeschlossen halte, dass du mein Nachfolger wirst«, sagte die Direktorin kühl und ging.

Der Lehrer schien uns jetzt ein bisschen nervös. Er sah uns mit besorgter Miene an, dann ging er zu Mika und legte ihm die Hand auf die Schulter.

»Mach dir keine Sorgen!«, sagte er. »Wenn ich erst mal Direktor bin, hol ich dich zurück.«

»Also nie!«, schluchzte Mika.

Ich möchte den hier bitte zurückgeben

»Ich hab eine Idee«, sagte Timo.

Wir spitzten die Ohren und hofften, dass es eine gute und vor allem eine schnelle Idee war. Von der großen Pause waren nämlich nur noch ein paar Minuten übrig, und danach musste Mika in die 2B, wo sie ihm die Batman-Maske herunterreißen und der Batman-Geschichte ein grausames Ende bereiten würden. Mikas Heldentaten wären dann umsonst gewesen, denn als ganz normaler Junge hatte er natürlich auch nichts auf dem geheimen Batman-Treffen verloren.

»Wer andern eine Grube gräbt, fällt selbst hinein«, sagte Timo.

Das Sprichwort verstanden wir ausnahmsweise. Wir wussten nur nicht, wo im Schulhaus eine Grube sein sollte. Oder redete er vom Schulhof?

»Wo aber Gefahr ist, wächst das Rettende auch«, sagte Timo.

Das verstanden wir auch, jedenfalls so ungefähr. Wir hätten nur gern gewusst, was genau das Rettende sein sollte.

»Von wegen Mika geht in die 2B! Wir verkleiden

uns!«, sagte Timo, und endlich verstanden wir, worauf er hinauswollte. Wir verkleiden uns nämlich meistens, wenn es ein Problem zu lösen gibt.

Timos Idee war echt genial. Vielleicht war es sogar seine genialste Idee überhaupt, und das wollte was heißen bei den vielen genialen Ideen, die er schon gehabt hatte.

»Der Schornstein will Batman in seine Klasse holen, und er soll ihn auch haben«, erklärte uns Timo. »Aber der Batman, den er bekommt, ist nicht Mika, weil der da bleibt, wo er am sichersten ist, nämlich bei uns.«

»Aber der Lehrer merkt doch dann, dass Mika noch da ist, und schickt ihn weg«, meldete ich erst noch leise Zweifel an.

»Das kann er nicht merken, weil Mika ja verkleidet ist«, erklärte Timo.

»Aber der Lehrer ist doch nicht dumm«, sagte Tiina mit gerunzelter Stirn. »Der wird doch misstrauisch, wenn Batman immer noch in seiner Klasse sitzt, obwohl Mika in der Nachbarklasse sitzen müsste.«

»Oder meinst du, dass zum Beispiel Hanna als Batman in die 2B geht und Mika sich dann als Hanna verkleidet, damit der Lehrer nichts merkt«, versuchte ich Timos Plan zu verstehen.

»Ich meine, dass wir uns *alle* als Batman verkleiden«, sagte Timo lächelnd.

Und jetzt verstanden wir endlich, wie unfassbar schlau Timos Plan war: Zuerst würden wir uns alle als Batman verkleiden, was überhaupt kein Problem war, weil Mika ja die ganzen Masken und Umhänge mit in die Schule gebracht hatte. Dann würde einer von uns an Mikas Stelle in die 2B gehen, und in unserer Klasse würden die anderen sechs sitzen, die alle wie Batman aussahen. Dass einer von den sechs Mika war, wäre unser Geheimnis, und kein Mensch käme jemals dahinter.

Das Verkleiden war dann so einfach, dass wir lachen mussten. Wir setzten einfach nur die Masken auf, und als wir uns auch noch die Umhänge umhängten und ein Ende davon über die Schulter warfen, hätte niemand mehr sagen können, wer von uns wer war. Noch nicht mal wir selber! Der Lehrer machte große Augen, als er uns sah.

»Da muss ich wohl einen Batman-Film verpasst haben«, sagte er. »An einen sechsfachen Batman kann ich mich jedenfalls nicht erinnern.«

Dann zählte er uns noch mal durch und nickte.

»Sechs. Von der Menge her würde es stimmen, und was in ihnen drinsteckt, weiß man eh immer erst hinterher. So ist das nun mal in dem Beruf«, seufzte er.

Sechs? Wieso sechs?, wunderten wir uns. Wir hatten doch noch gar nicht ausgemacht, wer von uns in die

Parallelklasse gehen sollte. Also hätten wir sieben sein müssen! Timo, Pekka, Mika, der Rambo, Hanna, Tiina und ich. Wenn wir sechs waren, musste einer schon in die 2B gegangen sein. Aber wer? Ich jedenfalls nicht.

»Ich hätte eine Nachricht für Pekka«, sagte der Lehrer. »Er soll gleich nach der Schule mit seiner Mutter neue Schlittschuhe kaufen gehen. – Wer von euch ist übrigens Pekka?«

»Ich nicht«, sagte der linke Batman in der zweiten Reihe. »Hat Pekkas Mutter gesagt, was für Schlittschuhe wir kaufen gehen? Falls es jemanden interessiert: Ich bin Mika.«

»Bist du *nicht*! Ich bin doch in der 2B!«, flüsterte der Batman hinter ihm erschrocken.

»Dann bin ich eben Tiina«, piepste der Batman in der zweiten Reihe links.

»Ich hab keine solche Piepsstimme!«, protestierte der Batman daneben.

»Dann eben Hanna«, brummte der Batman, der es anscheinend keinem recht machen konnte. Obwohl er seine Stimme verstellte, konnte man hören, dass er ein bisschen verzweifelt war. Und es wurde noch schlimmer, weil sich jetzt der Batman davor umdrehte und ihm von ganz nah in die Augen starrte.

»Okay, auch nicht Hanna«, grummelte der verzweifelte Batman. »Und wer bin ich dann?«

»Reden ist Silber, Schweigen ist toll«, seufzte der Batman hinter mir.

Ich hatte da schon rausgekriegt, wer welcher Batman war, und der Lehrer anscheinend genauso. Vielleicht wusste er es aber auch, weil wir alle auf unseren normalen Plätzen saßen.

»Und wo ist der Rambo?«, fragte der Lehrer jetzt.

Der Rambo! Ausgerechnet der Rambo war in die 2B gegangen. Das war lustig. Und natürlich war er der beste Batman, den man sich für die Klasse vom Schornstein überhaupt vorstellen konnte. Das hatte er offenbar auch gefunden, sonst wäre er ja wohl nicht von allein und freiwillig dorthin gegangen. Ich hoffte nur, dass es für die Parallelklässler noch halbwegs glimpflich ausging und der Schornstein das Unheil rechtzeitig kommen sah.

»Mika, solltest *du* nicht in der Parallelklasse sein?«, stellte der Lehrer eine typische Lehrerfrage, und Mika machte eine typische Mikabewegung und duckte sich weg. Aber das half jetzt natürlich gar nichts mehr.

»Na mach schon!«, sagte der Lehrer.

Da stemmte sich Mika mühsam hoch und schlurfte müde zur Tür, und gerade als er die Hand nach der Klinke ausstrecken wollte, riss jemand mit Karacho die Tür von draußen auf. Es war der Schornstein, der in die Klasse gedampft kam. An seinem Bein hing ein knurrender Batman, der sich offenbar in seine Hose verbissen hatte.

»Ich möchte den hier bitte zurückgeben«, sagte der Schornstein mit einer Stimme wie nach einem langen ermüdenden Kampf.

»Tut mir leid, Kollege«, sagte unser Lehrer kühl. »Aber wie du siehst, ist unser Batman-Bedarf gedeckt. Wenn du einen Spiderman oder ein Phantom im Angebot hättest, wäre es was anderes. Ein bisschen Abwechslung täte der Klasse ganz gut. Weißt du, immer nur diese Nachtgestalten, da muss man aufpassen, dass man nicht trübsinnig wird. Prinzipiell ist Batman ja ein Guter, aber eine Stimmungskanone ist er nicht gerade – oder was hast du für Erfahrungen mit ihm gemacht?«

»Spar dir die Albernheiten!«, schnarrte der Schornstein. »Das hier ist *dein* Schüler, und du entfernst ihn sofort von meinem Hosenbein!«

»Und woher soll ich wissen, ob es mein Schüler ist? Er ist schließlich verkleidet«, sagte der Lehrer ruhig. »Woher soll ich *überhaupt* wissen, dass er ein Schüler ist? Ich mach dir einen Vorschlag: Du nimmst ihm die Maske ab, dann reden wir weiter.«

»Das hab ich ja versucht«, sagte der Schornstein und hielt einen Finger hoch, an dem deutlich Bissspuren zu sehen waren.

»Weißt du, ich würde dir ja gern helfen, aber ich kann einfach nicht«, sagte der Lehrer und klang auf einmal richtig traurig. »Selbst wenn ich es wollte, könnte ich keinen zusätzlichen Schüler in die Klasse nehmen. Die Direktorin würde es nicht erlauben. Gerade hat sie mir nämlich einen Schüler weggenommen, weil sie meint, dass mir die Arbeit ein bisschen über den Kopf wächst. Und sie hat recht. Es fehlt nicht mehr viel, und ich bin mit meinen Kräften am Ende.«

»Das hier ist kein zusätzlicher Schüler!«, schnarrte der Schornstein. »Er gehört schon immer in deine Klasse!« Dann senkte er die Stimme, aber wir hörten trotzdem, was er sagte: »Außerdem haben meine Schüler Angst vor ihm!«

»Deine Schüler haben Angst vor Batman?«, wunderte sich unser Lehrer. »Ja, warum denn um Himmels willen? Warum haben sie Angst vor jemandem, der immer auf der Seite der Guten ist?«

Wir waren gespannt, was der Schornstein dazu sagte, aber er lenkte ab.

»Ich mach dir ein Angebot«, sagte er. »Du entfernst den Batman von meinem Hosenbein, und ich geb dir dafür meinen Zeigestock. Er ist ausziehbar und hat einen Silbergriff mit eingebautem Kugelschreiber.«

»Hört sich verlockend an, das muss ich zugeben«, sagte der Lehrer. »Aber siehst du, mir sind ganz andere

Dinge wichtig. Zum Beispiel versuche ich meinen Schülern beizubringen, dass Dinge zu besitzen nicht das Wichtigste im Leben ist. Ich möchte sie zu Menschen erziehen, die sich ihrer Verantwortung gegenüber der Umwelt und ihren Mitmenschen bewusst sind, und dazu zählt unter anderem, nichts zu verschwenden und nichts Unnötiges haben zu wollen. Deshalb beschäftigen wir uns auch viel mit außerschulischen Dingen wie dem Recycling-Markt, und das wiederum ist der Grund, weshalb ich mehr außerhalb des Klassenzimmers unterwegs bin als manch ein Kollege, der lieber mit seinem ausziehbaren Zeigestock vor der Tafel herumturnt.«

»Schon gut, ich geh zur Direktorin und sag ihr, dass ich mich getäuscht habe«, sagte der Schornstein zerknirscht. »Dass alles nur ein Missverständnis war. Ich werde sie bitten, die Rüge zurückzunehmen, ist es dann gut?«

Unser Lehrer betrachtete den Schornstein mit seinem Lehrerblick, und lange hörte man nur das Knurren des Rambos, der immer noch am Hosenbein des Schornsteins hing.

»Darauf gibst du mir dein Ehrenwort?«, fragte der Lehrer schließlich.

»Sobald ich den Batman los bin, gehe ich zur Direktorin«, sagte der Schornstein. Dabei legte er eine Hand aufs Herz und hob die andere zum Pfadfindergruß.

Der Lehrer räusperte sich und nickte.

»Und wie willst du vorgehen?«, fragte der Schornstein ängstlich. »Meinst du, du schaffst es ohne Werkzeug? Ich zieh auf keinen Fall die Hose aus!«

Aber es war ganz einfach.

»Aus, Rambo! Platz!«, sagte der Lehrer, und der Rambo ließ das Hosenbein los und setzte sich an seinen Platz.

Unser Lehrer weiß eben, wie man's macht.

»Meine pädagogische Geheimwaffe«, sagte er und strich schmunzelnd über den Einband des Buches, das immer auf seinem Tisch liegt, egal, was für ein Fach wir gerade haben. Es heißt »Das kleine Handbuch des Hundehalters«. Unser Lehrer, muss man wissen, hat Hunde genauso lieb wie Schüler.

Der Schornstein schnaubte nur, dann drehte er sich um und dampfte ab. Die Tür knallte er hinter sich zu. Wir konnten also auch nicht sehen, ob er wirklich zur Direktorin oder in seine Klasse ging.

»Ich bin mal gespannt«, hörten wir den Lehrer murmeln.

Die Amazonenkönigin

Nach dem Besuch des Rambos in der 2B hatten alle großen Respekt vor Batman, und Mika konnte sich, ohne Angst zu haben, überall im Schulhaus frei bewegen. Er brauchte nur das Batman-Lied vor sich hin zu summen, und schon drückten sich die aus der 2B an die Wände und machten ihm Platz.

Wir fanden übrigens nie heraus, was genau bei denen in der Klasse vorgefallen war. Der Rambo selbst wollte es nicht sagen, obwohl wir echt alles versuchten, um ihn zum Reden zu bringen, und gerüchteweise hörte man nur, Batman hätte ein paar von den Parallelklässlern am Kapuzenpulli an den Kartenständer gehängt. Anderen Gerüchten zufolge hatte Batman den mit der größten Klappe an den Knöcheln gepackt und mit dem Kopf nach unten aus dem Fenster gehalten, bis er versprach, nie wieder jemanden zu ärgern oder auch nur schief anzugucken. Das wildeste Gerücht war, Batman hätte sich alle geschnappt, die Mika jemals geärgert hatten, und mit ihnen das Klassenzimmer durchgewischt. Feucht! Und hinterher hätte er sie einzeln ausgewrungen. Es waren natürlich nur Gerüchte, aber das Gute daran war, dass sich niemand mehr über Batman lustig machte. Im Gegenteil: Auf einmal schwirrten die Mädchen aus der 2B um ihn herum und wollten Autogramme. Wenn ich ehrlich bin, nervte das ein bisschen. Tiina und Hanna fanden das auch. Schließlich war Batman *unser* Freund, nicht ihrer.

Sonst bereiteten sich alle auf den Besuch der Präsidentin vor. Der war nämlich schon am nächsten Tag. Für unseren Recycling-Markt war alles vorbereitet. Die Schilder waren gemalt, die recycelten Sachen sahen aus wie neu, und die Verkaufstische hatten wir auch schon aufgestellt. Jetzt saßen wir im Klassenzimmer und ruhten uns aus. Die Präsidentin konnte kommen. Was sie anging, war alles paletti. Nur Mikas Heldentaten machten uns noch Kummer. Mit denen war leider nicht alles paletti.

»Muss ich die restlichen Sachen wirklich noch machen?«, fragte Mika quengelig. »Wenn die ganze Schule zugibt, dass Batman der Größte ist, bin ich doch wohl genug gewachsen.«

»Batman ist der Größte, stimmt«, sagte ich. »Aber was ist mit *dir?*«

»Wie meinst du das? Ich *bin* doch Batman«, sagt Mika, der natürlich nicht verstand, was ich meinte.

»Was denkst du, lässt dich deine Mutter zu dem Treffen gehen?«, versuchte es Hanna mit einer leichteren Frage.

»Da brauch ich nicht mehr hin«, winkte Mika ab. »Es traut sich ja keiner mehr, Batman zu ärgern.«

»Und wenn doch?«, fragte ich.

»Dann ...«

»Dann was?«, fragte Pekka.

»Irgendwas halt«, sagte Mika.

»Und was, wenn du allein zu Hause bist und Angst hast?«, hakte Tiina nach. »Hilft dir dann auch Batman?«

»Oder wenn du krank bist und dir der Bauch wehtut?«, fragte Hanna.

»Oder wenn du beim Zahnarzt sitzt und weißt, dass er bohren muss?«, fragte ich.

»Oder wenn deine Masken und dein Umhang in der Wäsche sind?«, fragte Timo.

Die Ersatzmasken und Ersatzumhänge hatte er ja nicht mehr. Die hatten wir alle mit nach Hause genommen, weil man ja nicht wissen konnte, ob irgendwann mal wieder Ersatz-Batmans gebraucht wurden.

»Oder wenn jemand droht, dir eine zwischen die Augenlöcher zu brezeln?«, fragte der Rambo.

»Von wem redet ihr eigentlich?«, wollte Pekka wissen.

Mika wurde ganz still. Er dachte lange nach, dann seufzte er tief und fragte:

»Okay, was war noch mal die nächste Aufgabe?«

»Der Raub des Gürtels der Hippolyte«, sagte Timo, nachdem er kurz in sein Buch geschaut hatte.

»Ich soll einen Gürtel rauben, bist du sicher? Nicht irgendwelche komischen Tiere?«, wunderte sich Mika.

»Es ist ein Tier, das den Gürtel besitzt«, sagte Pekka. »Ein Hippo, hast du nicht gehört? Ein Hippo ist ein Nilpferd.«

Wir wunderten uns schon, dass Pekka so was wusste, als Timo die Sache richtigstellte.

»Nicht Hippo, Hippolyte!«, sagte er. »Hippolyte hieß die Königin der Amazonen. Das waren streitbare Kriegerinnen, vor denen alle einen Riesenbammel hatten, und der Gürtel, den Herkules der Königin rauben sollte, war das Zeichen ihrer Macht.«

»Und warum kann ich nicht einfach einen Gürtel *kaufen*? Auf dem Markt gibt's zum Beispiel welche«, sagte Mika, der anscheinend einen besonders quengeligen Tag hatte.

»Weil Herkules das auch nicht machen konnte«, sagte Timo. »Einkaufen ist nämlich keine Heldentat.«

»Wenn man meinen Vater hört, könnte man das aber meinen«, sagte Pekka. »Er sagt, mit meiner Mutter einkaufen zu gehen ist jedes Mal ein Horrortrip, und neulich zum Schlussverkauf wollte er erst überhaupt nicht mit. Die Amazonen, die sich über die Wühltische hermachen, schüchtern ihn ein, hat er gesagt.«

»Ehrlich, das hat er gesagt? Und was hat *sie* gesagt?«, fragte ich, weil mich das wirklich interessierte.

»Sie hat gesagt: ›Was für ein Glück, dass mein tapferer Held so gern Horrorfilme mag!‹«, erzählte Pekka.

»Und weiter?«

»Dann hat sie ihm ein Küsschen gegeben und gesagt, dass er sich nicht so anstellen soll, und *er* hat gesagt: ›Ja, meine Amazone!‹, und ist mitgekommen.«

Wir waren uns mal wieder einig, dass Erwachsene schwer zu verstehen sind, hatten aber keine Zeit, uns länger darüber zu unterhalten.

»Dann hätten wir's ja«, sagte Timo zufrieden. »Pekkas Mutter ist also die Amazone, und als Direktorin und zukünftige Schuldezernentin ist sie eindeutig auch so was wie eine Königin. – Hat sie heute einen Gürtel an?«, fragte er Pekka.

»Nein, aber eine Perlenkette«, wusste Pekka.

»Das müsste reichen«, sagte Timo.

Dann schauten wir alle Mika an.

»Was denn?«, fragte er misstrauisch.

»Hörst du nicht zu? Das war gerade deine Aufgabe.«

»Was?«, fragte Mika.

»Du musst dir die Perlenkette der Direktorin holen«, sagte Hanna geduldig.

Aber Mika machte keine Anstalten loszugehen.

»Was ist?«, fragte ich. »Worauf wartest du noch?«

»Ich dachte, wir machen es wieder alle zusammen«, sagte Mika zaghaft.

»Diesmal musst du allein zurechtkommen«, sagte Timo. »Das mit der Amazonenkönigin ist deine Feuertaufe.«

»Aber ich *darf* nicht allein was mit Feuer machen«, schniefte Mika. »Ich darf zu Hause nicht mal Streichhölzer anfassen.«

»Die Feuertaufe ist nur ein Sinnbild«, erklärte ihm Timo.

»Bilder darf ich zu Hause auch nicht anfassen«, schniefte Mika.

Aber dann stemmte er sich hoch und ging mit schweren Schritten davon.

»Sollen wir nicht doch lieber mitgehen?«, fragte Hanna besorgt.

»Mika schafft das schon«, sagte Timo. »Der Ärmste ist am mächtigsten allein.«

Die Direktorin hatte es anders erlebt

Hinterher gab es zwei vollkommen verschiedene Versionen der Geschichte, und die von Mika klang ganz schön wild:

»Ich hab mich erst mal leise wie ein Gespenst zum Zimmer der Direktorin geschlichen. Ihr wisst ja, dass sich Batman auch bei Tag vollkommen lautlos bewegen kann. Dann hab ich ein Ohr an die Tür gelegt und gelauscht, was drinnen gesprochen wurde. Ihr wisst ja, dass Batman ein Fledermausgehör hat. Auch die Stimmen hab ich gleich erkannt: Drinnen haben sich die Direktorin und der Schornstein unterhalten. Der Schornstein hat von mir und dem Lehrer gesprochen und der Direktorin erklärt, was er alles ändern will, wenn er erst mal Direktor ist. Und er hat gefragt, ob das mit der Rüge für unseren Lehrer auch ganz bestimmt noch gilt, und als die Direktorin gesagt hat, ja, selbstverständlich gilt das noch, hat er erzählt, dass es mit unserer Klasse angeblich noch viel schlimmer geworden ist. Seine Schüler hätten Angst vor uns, und den Rambo hätte der Lehrer angestiftet, dass er ihn in den Finger und ins Hosenbein beißt. Jetzt hätte er hässliche Bissspuren in seiner maßgeschneiderten Hose, und der Lehrer hätte ihn auch noch erpressen wollen, dass der Rambo ihn erst loslässt, wenn er ihm seinen ausziehbaren Zeigestock mit dem silbernen Griff und dem eingebauten Kugelschreiber gibt. Die Direktorin war natürlich geschockt und hat gesagt, dass sie der Sache nachgeht, aber dass sie jetzt schon sagen kann, dass sie im schlimmsten Fall, und wenn das alles wahr ist, den Lehrer vielleicht sogar entlassen muss. Klar, hat der Schornstein gesagt, und dass es ihm leidtäte, so was über einen Kollegen zu erzählen, aber er hätte nun mal keine andere Wahl, schließlich ginge es um das Wohl der Schüler und den Ruf der Schule, und als zukünftigem Direktor läge ihm eben beides sehr am Herzen.

Dann war es plötzlich still, und da hab ich die Tür aufgerissen und bin so schnell losgestürmt, dass mir

die Maske über die Augen gerutscht ist und ich überhaupt nichts mehr sehen konnte, aber das hat mir nichts ausgemacht. Ihr wisst ja, dass Batman auch im Dunkeln kämpfen kann, weil er nur Fledermausschreie auszustoßen braucht, dann hören seine Fledermausohren das Echo von den Sachen oder Leuten, die ihm im Weg sind. Solche Schreie hab ich ausgestoßen, und als das Echo von der Direktorin zurückgekommen ist, bin ich zu ihr hingesprungen und hab mir die Perlenkette geschnappt. Sie hatte nur so einen komischen Verschluss, der einfach nicht aufgehen wollte, und dann hat die Direktorin auch noch geschrien, und irgendwas muss umgefallen sein, jedenfalls hat es schrecklich gerumst.

Das Nächste, was ich weiß, ist, dass mich zwei Riesenhände hochgehoben haben, aber ich hab die Perlenkette trotzdem nicht losgelassen. Ich hab sie nur noch fester gepackt, und da hab ich sie endlich losgekriegt. Irgendwas hat geklirrt, wie wenn tausend Schwertkämpfer die Klingen kreuzen, und genau da hab ich in eine von den Riesenhänden gebissen. Ich hab einen Schrei gehört, dann war ich frei und bin abgehauen.«

Das war Mikas Geschichte, und als er sie zu Ende erzählt hatte, griff er unter seinen Umhang und holte die Perlenkette hervor. Es war genau eine Perle dran, und die war zwar groß, aber eindeutig aus Plastik.

»Die anderen sind wahrscheinlich den Schwertkämpfern in die Hände gefallen«, sagte Mika traurig.

Dann hörten wir die Geschichte, wie sie die Direktorin erlebt hatte und hinterher dem Lehrer erzählte. Sie kam dazu extra in unsere Klasse:

»Ich war gerade am Ende einer kleinen Besprechung mit dem Kollegen Schlot, da kam der Batman aus deiner Klasse plötzlich in mein Büro geschossen und hat sich in die Schnur von meinem Fensterrollo verkrallt. Ich dachte, der Kollege kümmert sich um den verwirrten Jungen, aber der traute sich nicht mal zu ihm hin, geschweige denn, dass er ihn angefasst hätte. Ich hab dann erst mal versucht, dem Jungen die Schnur abzunehmen, aber er war wie von Sinnen und hat sich so daran festgeklammert, dass ich Angst hatte, er reißt mir noch das ganze Rollo herunter. Ich hab den Kollegen Schlot angeschrien, dass er mir um Himmels willen helfen soll, und als er sich endlich bequemt und den Jungen hochgehoben hat, ist es doch passiert, und das ganze Rollo ist mir mit einem Mordsgeschepper vor die Füße gefallen. Das Durcheinander danach hat dein Batman dann genutzt, um erst dem Kollegen in den Finger zu beißen und dann mitsamt der Rolloschnur abzuhauen. Er ist nicht zufällig hier in seiner Klasse? Der Hausmeister hätte die Schnur gern wieder.«

Von unter dem Tisch des Lehrers hörte man ein leises Fiepen, und der Lehrer ging hin und kam mit der Schnur mit der einen Perle zurück, die wir schon kannten.

»Die hier?«, fragte der Lehrer.

»Genau die«, sagte die Direktorin.

Sie nahm die Schnur, schien aber trotzdem noch nicht gehen zu wollen.

»Übrigens, die kleine Besprechung mit dem Kollegen Schlot ...«, sagte sie zu unserem Lehrer. »Dabei ging's um dich.«

»Dann hat er also Wort gehalten«, sagte der Lehrer. »Er hat gesagt, dass er mit dir redet, aber ich hätte nicht gedacht, dass er's wirklich tut.«

»Dann weißt du Bescheid?«

»Selbstverständlich. Ich sagte doch, er hat gesagt, dass er mit dir redet.«

»Und es stimmt? Das mit dem Beißen, dem Zeigestock und allem?«, fragte die Direktorin besorgt.

»Aber ja!«, sagte der Lehrer und sah aus, als wäre er ehrlich überrascht. »Offen gestanden, hätte ich nicht gedacht, dass er Manns genug ist, dir das alles zu erzählen.«

»Doch, er war sehr offen und ehrlich«, sagte die Direktorin ernst. »Dir ist doch klar, was das bedeutet?«

»Selbstverständlich. Schon der Versuch der Bestechung ist eine ernste Sache«, sagte der Lehrer mit einem leisen Lächeln.

»Bestechung?«, sagte die Direktorin. »Erpressung trifft es wohl eher.«

»So oder so ist es eine ernste Sache«, sagte der Lehrer und lächelte immer noch.

»Dann verstehst du sicher, dass ich gar keine andere Wahl habe«, sagte die Direktorin. »Jemanden entlassen zu müssen ist fürchterlich, aber es zählt nun mal auch zu meinen Aufgaben.«

Und dann passierte das, was wir noch nie erlebt hatten: Die Direktorin nahm unseren Lehrer in den Arm.

»Danke!«, sagte der Lehrer, dem man anhörte, wie gerührt er war. »Danke!«

»Du packst das, da bin ich mir sicher«, sagte die

Direktorin und wischte sich eine Träne aus dem Augenwinkel.

»Hundertprozentig. Es ist eine große Herausforderung, aber ich werde mich ihr stellen«, versprach der Lehrer.

»Schön, dass du es so aufnimmst«, sagte die Direktorin.

Dann klopfte sie dem Lehrer auf die Schulter und ging. Als sie draußen war, machte der Lehrer ein paar Tanzschritte und summte gut gelaunt das Pechvogellied.

Was Mika betraf, waren wir uns alle einig, dass die Rolloschnur genauso zählte, wie wenn er die Perlenkette geraubt hätte. Außerdem hatten wir es ihm ganz allein zu verdanken, dass wir jetzt wussten, was der Schornstein für ein hinterlistiger Fiesling war. Wenn wir das nicht gewusst hätten, hätte der Lehrer jetzt ganz schön in Schwierigkeiten gesteckt. Okay, in denen steckte er so auch. Aber zum Glück wusste er nichts davon.

»Morgen ist ein großer Tag«, hörten wir ihn seufzen.

Aha

Der Lehrer steckte echt in großen Schwierigkeiten. Wegen der Lügen, die der Schornstein über ihn verbreitete, wollte die Direktorin ihn entlassen, und er selber dachte, er solle ihr Nachfolger werden. Das einzig Gute war, dass Mika rausgekriegt hatte, was der Schornstein für ein hinterlistiges Spiel spielte, sonst hätten wir wahrscheinlich den besten Lehrer der Welt verloren. Zum Glück hatten wir Mika. Zum Glück hatten wir Timo. Und zum Glück kam die Präsidentin unsere Schule besuchen.

»Ich hab eine Idee«, sagte Timo.

Wir saßen im alten Bus auf dem Hof des Lehrers. Im Haus brannte Licht, und wir sahen die Lehrerfamilie im Wohnzimmer. Der Lehrer hielt das Baby auf dem Arm und wollte seinen Hunden eine Barbiepuppe abnehmen, die offenbar Anna gehörte. Die Frau des Lehrers saß in einem Sessel und las in einem Buch. Weil sie dabei den Mund bewegte, nahmen wir an, dass sie den anderen etwas vorlas. Da wären wir zu gern dabei gewesen, aber wir hatten Wichtigeres zu tun. Wir machten einen Lehrerrettungsplan, und das war eine schwierige Sache, obwohl wir schon viel Erfahrung mit Rettungsplänen hatten, vor allem Timo.

»Wir bitten die Präsidentin, unseren Lehrer zu begnadigen«, erklärte er uns.

»Du meinst, das kann sie?«, fragte ich.

»Die Präsidentin kann begnadigen, wen sie will, und sie kann ernennen, wen sie will«, wusste Timo.

»Wehe, sie ernennt *mich*!«, drohte der Rambo. »Dann ist Schluss mit lustig!«

»Heißt das, sie könnte zum Beispiel mich zur Prinzessin ernennen?«, wollte Tiina wissen.

»Meine Mutter ist auch gut im Ernennen«, behauptete Pekka.

»Ehrlich?«, fragte ich.

»Klar. Meinen Vater hat sie erst gestern Abend wieder zum König der Schnarchnasen und Sofahocker ernannt«, sagte Pekka stolz.

Wir fanden es natürlich klasse, dass die Direktorin jemanden zum König ernennen konnte, aber das half ja unserem Lehrer nicht. Wir mussten weiterüberlegen.

»Wir werden die Präsidentin bitten, den Lehrer nicht nur zu begnadigen, sondern ihn auch gleich zum neuen Direktor zu ernennen«, erklärte uns Timo.

»Gut«, sagte Hanna.

»Ganz einfach«, sagte Tiina.

»Und der Schornstein?«, fragte ich. »Der ist doch bestimmt nicht begeistert, wenn unser Lehrer Direktor wird und nicht er. Meinst du nicht, dass er dann was Fieses macht?«

»Und da ist noch was«, sagte Hanna ernst. »Wir sind morgen ja draußen auf unserem Recycling-Markt, und die Präsidentin ist drinnen bei den anderen, die musizieren und tanzen und all so was. Wie sollen wir die Präsidentin um was bitten, wenn wir sie nicht mal treffen?«

»Da kommt die zehnte Heldentat ins Spiel«, sagte Timo lächelnd.

»Was? Da sind immer noch welche übrig?«, fragte Mika entsetzt.

»Der Raub der Rinderherde des Riesen Geryon«, erklärte uns Timo. »Herkules besiegt ihre fürchterlichen Wächter und bringt sie diesem Eurystheus.«

»Aha«, sagte ich.

»Aha«, sagten auch die anderen.

»Ihr kapiert also mal wieder nichts«, seufzte Timo.

»Nein«, gab ich zu. »Wie sollen irgendwelche Rindviecher uns helfen, den Lehrer zu retten?«

Jetzt erklärte es uns Timo genauer.

»Die Rinderherde mit ihren Wächtern ist ein Sinnbild«, sagte er. »So wie der Ritter der Nacht ein Sinnbild ist.«

»Batman ist aber echt und kein Bild«, sagte Mika beleidigt.

»Stimmt genau«, sagte Timo. »Batman ist echt, und wenn wir vom Ritter der Nacht reden, benutzen wir nur ein Bild, das wir uns von ihm machen. Und jetzt zu morgen: Wir *reden* von einer Rinderherde und ihren Wächtern, aber wer kommt in echt?«

»Die Präsidentin mit ihren Leibwächtern«, sagten wir im Chor.

»Verstehe«, sagte Pekka. »Rindvieh oder Präsidentin – es kommt alles aufs Gleiche raus.«

»Und wohin lotsen wir die Rinderherde, von der wir sinnbildlich sprechen?«, fuhr Timo ruhig fort.

»Auf den Recycling-Markt«, sagten wir im Chor.

Auf einmal hörte sich alles ganz klar und einfach an. Der Plan, den das Festkomitee gemacht hatte, sah vor, dass die Präsidentin in die schön dekorierte Turnhalle ging, wo es erst das Musikstück und dann den Blumentanz gab. Danach sollte die Präsidentin Blumen überreicht bekommen, und als Höhepunkt war die launige Rede vorgesehen, die der Schornstein mit seiner Klasse vorbereitet hatte. Nach unserem Plan lief das alles ganz anders, und der Höhepunkt sollte sein, dass unser Lehrer begnadigt und zum neuen Direktor ernannt wurde.

»Ich hab noch mal über das mit den Sinnbildern nachgedacht«, sagte Pekka, als wir schon aufbrechen wollten. »Wenn die Präsidentin die Rinderherde ist, und ihre Leibwächter sind die fürchterlichen Wächter – wer sind dann wir?«

»Hirten, könnte man sagen«, erklärte ihm Timo geduldig.

»Aha«, sagte Pekka.

Unser Recycling-Markt

Alles war bereit: Die Direktorin wartete an der Tür zur Turnhalle, zog ihren Rock zurecht und blickte ständig auf die Uhr. Drinnen herrschte gespannte Stille. Die Musiker saßen steif auf der Bühne und hielten ihre Flöten und Triangeln fest, die Tänzer nestelten an ihren Blütenhüten aus Krepppapier, und die Blumenmädchen umklammerten mit zitternden Händen ihre Sträuße. Nur der Schornstein sah aus, als hätte er die Ruhe weg. Er strich seine seidene Krawatte glatt und grinste seinen Schülern zu, die aufrecht und frisch gekämmt in der ersten Reihe saßen.

Ich hatte mir das alles schnell angeschaut und schlich mich leise wieder auf den Teil des Schulhofs, der hinter dem Schulhaus liegt. Dort hatten wir den Recycling-Markt aufgebaut. Auf den Verkaufstischen lag alles, was wir in mühsamer Arbeit gesammelt und wieder aufpoliert oder neu zusammengebastelt hatten: die Angelrute mit der Rolle, der Tennisschläger, die Kehrschaufel, die geklebte Vase, der nur ein Stück in der Mitte fehlte, aber auch Timos Bücher und was sonst noch mit der Zeit zusammengekommen war. Nur Pekkas altes Kinderbett hatte nicht auf die Tische gepasst und stand dazwischen. Der Markt war wunderschön, und wir wunderten uns nur, warum ihn die Direktorin unbedingt hinter dem Schulhaus haben wollte, wo ihn die Präsidentin gar nicht sehen würde. Oder nur, wenn wir es schafften, sie hinzulotsen.

Als Erstes kam dann ein Polizeiauto mit blinkenden Lichtern auf den vorderen Schulhof gefahren. Hinter dem Auto kamen zwei Motorräder mit Polizisten und noch dahinter ein schwarzer Kleinbus, der viel schöner war als der, in dem wir uns immer versammeln. Es war der Kleinbus, in dem die Präsdidentin saß, und schöner als unserer war er schon deshalb, weil er noch alle Scheiben hatte. Nach dem Kleinbus kamen drei schwarze Limousinen und ganz zuletzt noch ein Polizist auf einem Motorrad. Als alle anhielten, war der Schulhof so voll, dass man dort nicht mal mehr Himmel und Hölle hätte spielen können.

Der Lehrer kam uns jetzt ein bisschen nervös vor. Er spickte um die Schulhausecke und murmelte die ganze Zeit vor sich hin, als hätte er auch eine Rede für die Präsidentin vorbereitet und müsste sie noch üben.

Dann sahen wir, wie die Direktorin der Präsidentin mit ausgestreckter Hand entgegeneilte. Gleich würden sie sich die Hände schütteln, und danach würde die Direktorin die Präsidentin mit ihren Begleitern in die

Turnhalle führen. Oder jedenfalls hatte die Direktorin das vor.

Unser Plan war ganz einfach: Mika würde die Präsidentin wie ein Rinderhirte mit dem Lasso einfangen und die Präsidentin zu uns hinters Schulhaus ziehen, damit der Lehrer sie erst um seine Begnadigung und dann um seine Ernennung zum neuen Direktor bitten konnte. Mika saß mit dem Lasso gut versteckt in einer Mülltonne, die wir extra nicht weit von der Tür zur Turnhalle aufgestellt hatten.

»Herzlich willkommen in unserer Schule!«, hörten wir die Direktorin sagen, als sie der Präsidentin die Hand schüttelte.

»Danke, dass wir kommen durften«, sagte die Präsidentin. »Kinder liegen mir sehr am Herzen.«

Die Polizisten standen bei ihrem Auto und neben ihren Motorrädern, die Leibwächter der Präsidentin schauten um sich, und die übrigen Begleiter reihten sich hinter der Direktorin und der Präsidentin ein, die jetzt in Richtung Turnhallentür gingen. Ehrlich gesagt, machten uns die vielen Leute ein bisschen Sorgen. Mika musste schon sehr genau zielen, wenn er die Präsidentin zwischen ihnen herausfangen wollte.

»Die Kinder haben ein paar Überraschungen vorbereitet«, sagte die Direktorin.

»Ich liebe Überraschungen«, sagte die Präsidentin.

Genau da kamen die beiden an der Mülltonne vorbei, in der Mika mit dem Lasso wartete.

»Einen Augenblick, mein Schnürsenkel ist offen!«, sagte die Präsidentin, die Schnürstiefel anhatte. Dann bückte sie sich.

Und jetzt flog der Deckel der Mülltonne auf, und Mika kam wie ein Schachtelteufel hochgeschnellt. Oder wie ein Schachtel-Batman. Er schaffte es nur leider nicht, das Lasso zu werfen, weil der Deckel gleich wieder zuknallte und ihn wieder in die Mülltonne zurückdrückte. Und jetzt sah man mal, wie fit Leibwächter sind: Einer schmiss sich blitzschnell oben auf den Mülleimer, und ein anderer schubste die Direktorin in einen Schneehaufen und baute sich in Karatekämpferstellung vor der Präsidentin auf. Dann kamen die Polizisten gerannt und bildeten eine Kette um die Mülltonne.

»Na, na, Jungs, immer mit der Ruhe!«, sagte die Präsidentin, die sich gerade wieder aufrichtete. »Was ist denn los?«

»Verdächtiges Subjekt in der Mülltonne«, sagte der Leibwächter in Karatekämpferstellung.

»Ich bin kein Subjekt!«, kam es gedämpft aus der Mülltonne.

»Ich glaube, dass Subjekt kenne ich«, sagte die Direktorin, die sich wieder aufgerappelt hatte und deren Rock noch ganz voller Schnee war.

In der Mülltonne rumpelte es jetzt, und es klang ein bisschen, wie wenn man Popcorn zu Hause im Kochtopf macht.

»Für mich hat es wie ein Fuchs ausgesehen«, sagte der Leibwächter, der immer noch bäuchlings auf der Mülltonne lag. »Vielleicht hat sich ein Fuchsjunges auf den Schulhof verirrt.«

»Ich bin kein Fuchsjunges, ich bin Batman!«, kam es dumpf und ein bisschen weinerlich aus der Mülltonne.

»Ein Batman-Junges?«, wunderte sich der Karatewächter. »Ich wusste gar nicht, dass es so was gibt.«

»Es ist unser Schul-Batman«, sagte die Direktorin schüchtern. »Er … er ist eine von den Überraschungen, die unsere Kinder vorbereitet haben. – Sollen wir dann reingehen?«

»Der Eingang bleibt gesperrt, bis die Sache mit der

Mülltonne restlos aufgeklärt ist«, sagte der Karatewächter. »Gibt es noch eine zweite Tür?«

»Hinten«, sagte die Direktorin. »Ich weiß nur nicht, ob der Hausmeister ...«

»Dann nehmen wir die!«, unterbrach sie der Karatewächter und ging vor der Direktorin und dem Präsidentinnentross her.

Der Weg zur Hintertür führte über den hinteren Teil des Schulhofs, und dort standen wir.

Wir waren gespannt, was die Präsidentin zu unserem schönen Recycling-Markt sagte, aber genauso gespannt waren wir, was sie zu unserem Lehrer sagte, wenn sie erst seine schöne Rede hörte. Das Dumme war nur, dass er ausgerechnet jetzt seinen Spickzettel verloren hatte. Jedenfalls nahmen wir das an, als wir sahen, wie er seine Hosentaschen umstülpte und dann sogar die Jacke auszog, um sie abzusuchen. Wir hatten uns hinter die Schulhausecke zurückgezogen, aber wir hörten schon die Stimme der Direktorin.

»Die Kinder haben sich so auf den Besuch gefreut, und unser Batman besonders. Die kleine Mülltonnennummer hat er sich ganz allein ausgedacht.«

Dann bogen die Direktorin und die Präsidentin mit ihrem Tross um die Ecke und sahen den Lehrer, der inzwischen mit dem Po steil in der Höhe den Boden unter einem der Verkaufstische absuchte.

»Und das ist die nächste Überraschung, hab ich recht?«, fragte die Präsidentin.

»Unser Recycling-Markt!«, riefen wir im Chor.

»Und ihr recycelt sogar Lehrer?«, scherzte die Präsidentin. »Ich wusste gar nicht, dass es um unsere Schulen *so* schlecht steht.«

»Autsch!«, sagte der Lehrer, der natürlich schnell unter dem Tisch vorkommen wollte und sich dabei mit einem ordentlichen Bums den Kopf anschlug.

Der Karatewächter war schon auf dem Sprung, um sich den Lehrer zu packen, aber die Präsidentin hielt ihn zurück.

»Nicht doch, es reicht, wenn sich die Eltern auf die Lehrer stürzen!«, sagte sie. »Und die kleine gymnastische Übung gehörte sicher auch zu den Überraschungen, nicht wahr?«, fragte sie, an die Direktorin gewandt.

»Die ... ja, natürlich«, sagte die Direktorin. »Und auch der Kollege hat sich alles ganz allein ausgedacht.«

Dann schaute sie zu Boden, weil sie wahrscheinlich Angst hatte, dass die Präsidentin sie beim Flunkern erwischt.

»Reizend«, sagte die Präsidentin. »Ich würde mich darüber nie beklagen, aber die ewig gleichen Musikstücke und Blumentänze können einem ganz schön auf die Nerven fallen. Von launigen Reden ganz zu schweigen. Doch, sehr reizend. Und mal was anderes!«

Der Präsidentin schien es bei uns richtig gut zu gefallen, und jetzt steuerte sie endlich auf unsere Verkaufstische zu.

»Äh, ja ... genau das haben wir uns auch gedacht«, sagte die Direktorin. »Raus aus den ewig gleichen langweiligen Bahnen – hin zu einer fantasievollen Schule am Puls der Zeit!«

Während die Direktorin redete, war an einem der Turnhallenfenster der Kopf des Schornsteins aufgetaucht. Als die Direktorin ihn entdeckte, machte sie ihm Zeichen, dass er verschwinden sollte, und er verschwand, als hätte er verstanden.

Unser Lehrer hatte inzwischen wieder seine Jacke angezogen und nur die umgestülpten Hosentaschen vergessen. Es sah aus, als hätte seine Hose Ohren, aber das fanden wir nicht schlimm.

»Alles von den Kindern eigenhändig aufpoliert und wieder instand gesetzt!«, sagte er und zeigte über die Verkaufstische hin.

»Sehr interessant«, sagte die Präsidentin und griff nach der Vase mit dem Loch, um sie eingehend zu betrachten.

»Wir glauben hier fest an die Idee des Recyclings«, erklärte der Lehrer und fügte hinzu: »Was ja keinen Widerspruch zu ordentlichen Schulbüchern und ausreichend Bastelwatte bedeuten muss.«

»Besser kann man es nicht sagen«, lobte ihn die Präsidentin.

»Kinder sind unser wertvollster Schatz, wertvoller als alle Handys, Saunaöfen und Rennfahrer zusammen«, sagte der Lehrer und fügte hinzu: »Auch wenn wir auf all das natürlich auch stolz sein dürfen.«

»Bravo! Eins mit Sternchen!«, rief die Präsidentin begeistert. »Die Formulierung möchte ich mir bitte für meine nächste bildungspolitische Rede ausleihen.«

Dann griff sie nach der Kehrschaufel, die Timo und Hanna angemalt hatten.

»Worauf ich auch noch zu sprechen kommen möchte, ist eine neue Dienstrangordnung für Lehrer«, sagte der Lehrer. »Ich habe schon alles fertig ausgearbeitet und muss nur leider meine Aufzeichnungen verlegt haben. Ich kann aber gern …«

Die Direktorin hatte ihm vergeblich warnende Blicke zugeworfen, jetzt fuhr sie ihm dazwischen: »Nun, ich denke, das kann warten. Die Präsidentin muss wahrscheinlich ohnehin gleich weiter.«

»Ach, ein bisschen Zeit ist schon noch«, sagte die Präsidentin. »Die schöne Kehrschaufel hier, könnte ich die vielleicht gegen irgendetwas tauschen?«

»Aber selbstverständlich«, sagte der Lehrer. »Das ist ja genau die Idee unseres Recycling-Marktes: Nicht immer alles kaufen, sondern erst mal sehen, ob man nicht tauschen kann! Was nun die neue Dienstrangordnung betrifft …«

»Wie wär's zum Beispiel damit?«, unterbrach ihn die Präsidentin, die in ihre Handtasche gegriffen und einen Apfel herausgeholt hatte. Den Apfel gab sie jetzt dem Lehrer, und die Kehrschaufel überreichte sie der Direktorin.

»Hiermit ernenne ich diese Schule zur Schule des Jahres, und diese Kehrschaufel soll der Wanderpokal sein, der von nun an alljährlich an die beste und ideenreichste Schule des Landes vergegeben wird. Den Namen eurer Schule graviert ihr bitte selbst ein. Mir war es eine große Freude, so viele erfrischende Ideen und lebendige Kinder kennenzulernen. Wohl dem, der solche Lehrer hat!«

Bei den letzten Worten kniff die Präsidentin unserem Lehrer in die Wange, dann drehte sie sich um und ging mit ihrem Tross zu den schwarzen Autos zurück.

»Wenn solche Besuche nur immer so reibungslos abgingen!«, hörten wir die Präsidentin zu dem Karatewächter sagen. »Da bleibt uns heute sogar Zeit für einen Kaffee in einem gemütlichen Bistro.«

Aber genau da kam der Schornstein aus der Turnhalle gedüst.

»Halt, das ist die falsche Richtung!«, rief er. »Zur Musik und den Blumen …«

Weiter kam er nicht, weil ihm die Direktorin die Kehrschaufel vor den Kopf knallte. Der Knall war so laut, dass sich die Präsidentin kurz vor den Autos noch mal umdrehte.

»Au, warum machst du denn so was?«, stöhnte der Schornstein und rieb sich die Stirn.

»Sei still und wink!«, zischte die Direktorin.

»Und die Rede?«, fragte der Schornstein.

»Die Reden sind alle schon gehalten«, sagte die Direktorin.

»Und der da, was macht der noch hier?«, fragte der Schornstein und zeigte auf unseren Lehrer, dem das Lob der Präsidentin so guttat, dass er das Lächeln gar nicht mehr aus dem Gesicht bekam. »Ich dachte, er wäre entlassen.«

»Der Kollege ist die Zukunft unseres Landes, und die Zukunft entlässt man nicht«, sagte die Direktorin. »Betrachte ihn von jetzt an bitte als unverzichtbaren Teil unserer Schulfamilie!«

Sie wartete noch, bis die Präsidentin mit ihrem Tross vom Schulhof gefahren war, dann ging sie ohne ein weiteres Wort ins Schulhaus.

Wir fanden, das mit dem Recycling war echt eine tolle Sache. Aus einer verbeulten Kehrschaufel aus Pekkas alter Garage war nur durchs Recyceln ein astreiner Wanderpokal geworden, der noch vielen Menschen

Freude machen würde. Und eigentlich war ja auch unser Lehrer recycelt worden. Gestern noch so gut wie entlassen und heute unverzichtbar – mehr Recycling ging wahrscheinlich gar nicht. Und er hatte es nicht mal gemerkt!

Der letzte Gegner ist immer der schlimmste

Mika war natürlich ein bisschen verwirrt. Er hatte einen großen Teil der aufregenden Ereignisse verpasst, weil er erst in der Mülltonne und dann noch eine ganze Weile in einer der schwarzen Limousinen gesteckt hatte. Aber der Leibwächter, der erst oben auf der Mülltonne gelegen und ihn dann rausgelassen hatte, war sehr nett zu ihm gewesen und hatte ihm Limonade und einen Schokoriegel spendiert. Sogar das Headset und die Handschellen des Leibwächters durfte Mika ausprobieren, was wir fast ein bisschen unfair fanden, wo wir alle zusammen nur einen schrumpeligen Apfel aus der Handtasche der Präsidentin bekommen hatten. Den hatte der Lehrer uns nämlich gegeben, weil die Direktorin meinte, dass er eigentlich uns zustand, weil wir alles so schön recycelt hatten. Wir fanden aber, dass er Mika zustand, denn schließlich war es ganz allein sein Verdienst, dass die Präsidentin den Umweg über den hinteren Teil des Schulhofs gemacht hatte. Das mit der Mülltonne war eine echte Heldentat gewesen, und darum bekam Mika, als er bei uns zurück war, den Apfel feierlich überreicht.

»Rinderraub erledigt«, sagte Timo und malte ein dickes Kreuz über das Bild von den Rindern des Riesen Geryon in seinem Buch. Dann blätterte er darin, holte ein paar Kreuze nach, die er noch nicht gemalt hatte, und sagte:

»Als Nächstes müsste er die Äpfel der Hesperiden pflücken.«

»Meinst du, der hier zählt?«, fragte Mika und hob den Apfel in die Höhe, den wir ihm gerade überreicht hatten.

Timo nahm den Apfel und biss ein Stück davon ab, dann sagte er: »Zählt«, und malte das elfte Kreuz. »Fehlt nur noch die zwölfte und letzte Heldentat«, fuhr er fort und mampfte den Apfel zu Ende.

Wir warteten, während Timo mit ernster Miene in sein Buch schaute. Je länger er las, desto ernster wurde er. Wir machten uns schon echt Sorgen, ob vielleicht ausgerechnet die letzte Heldentat zu schwer für Mika war.

»Herkules sollte den Höllenhund Kerberos aus der Unterwelt heraufholen«, begann Timo mit schwacher Stimme. »Der fürchterliche Kerberos hat aufgepasst, dass die Toten nicht mehr in die Oberwelt zurückkommen. Das wollten die natürlich, aber es war nicht erlaubt. Herkules ist dem Kerberus ohne Waffen gegenübergetreten und hat ihn mit bloßen Händen niedergerungen.«

»Der letzte Gegner ist immer der schlimmste«, sagte der Rambo dumpf.

»Na toll. Ich hab gewusst, dass es doch noch schlecht ausgeht«, schniefte Mika.

»Wo finden wir wohl so einen fürchterlichen Aufpasser?«, überlegte ich.

»Wer erlaubt Mika nicht, hinzugehen, wo er will?«, überlegte Hanna.

»Wem muss Mika ohne Waffen und mit bloßen Händen gegenübertreten?«, überlegte Tiina.

»Redet ihr von Eishockey oder was?«, fragte Pekka.

»Meine Mutter«, sagte Mika leise.

Wir verstanden nicht.

»Meine Mutter«, wiederholte Mika laut.

Jetzt verstanden wir.

»Meine Mutter«, sagte Mika mit bebender Stimme. »Es ist meine Mutter, der ich gegenübertreten muss.«

Wir nickten. Er hatte recht. Der letzte und schlimmste Gegner, der fürchterliche Aufpasser, der Mika nicht erlaubte, zu dem geheimen Batman-Treffen zu gehen, war ganz klar seine Mutter.

Wir begleiteten Mika noch bis zu Haustür, dann verabschiedeten wir uns von ihm. Wir waren einen langen

Weg zusammen gegangen, hatten ihm bei elf Heldentaten zur Seite gestanden und viele Abenteuer mit ihm erlebt, aber jetzt war der Augenblick gekommen, wo wir uns trennen mussten. Das letzte Stück Weg musste Mika ohne uns gehen, denn seiner Mutter musste er allein gegenübertreten – ohne Waffen und mit bloßen Händen. Und natürlich auch ohne Maske.

Ich umarmte Mika und wünschte ihm Glück.

Hanna umarmte Mika und wünschte ihm Tapferkeit.

Tiina umarmte Mika und wünschte ihm Stärke.

Timo boxte Mika auf die Schulter und wünschte ihm Klugheit.

Der Rambo gab Mika einen ordentlichen Schubs.

Und Pekka gratulierte Mika zum Geburtstag.

Dann klingelte Mika an der Tür, weil er seinen Schlüssel vergessen hatte.

Wir hörten schwere Schritte, und jemand öffnete die Tür, aber nur einen schmalen Spalt. Mika sah uns ein letztes Mal an, zog seine Batman-Maske ab und versuchte tapfer ein kleines Lächeln. Dann ging er hinein.

Und? Wie ist es gelaufen?

»Und? Wie ist es gelaufen?«, fragte ich Mika am Abend, als wir unser nicht ganz so geheimes Treffen im Bus auf dem Hof des Lehrers abhielten.

»Gut«, sagte Mika fröhlich.

Er sah ganz anders aus als sonst, was natürlich auch daran lag, dass er keine Batman-Maske trug.

»Heißt das, deine Mutter erlaubt dir das geheime Batman-Treffen?«, fragte Hanna neugierig.

»Ja. Ich muss mich nur warm anziehen und aufpassen, dass ich mir keine nassen Füße hole«, sagte Mika stolz.

»Und wann genau gehst du jetzt hin?«, wollte Timo wissen.

»Gar nicht«, sagte Mika, wirkte aber kein bisschen traurig dabei.

»Und warum nicht?«, fragte ich verwundert.

»Weil es geheim ist«, sagte Mika. »Ich weiss nicht mal, wo es stattfindet.«

Wir nickten. Das klang logisch. Ein geheimes Batman-Treffen musste so geheim sein, dass die Mütter nicht hingehen konnten, und wenn es so geheim war, konnte man den Ort, wo es stattfand, auch sonst niemandem verraten. Es war schade, dass Mika nicht zu dem Treffen gehen konnte, aber es war trotzdem toll, dass seine Mutter es ihm erlaubte.

»Macht nichts, dass ich nicht hinkann«, sagte Mika. »Nach den vielen Heldentaten traut sich sowieso niemand mehr, Batman zu ärgern. Und das Schönste ist, dass meine Mutter mir eine neue Batman-Maske gemacht hat.«

Er holte eine schwarz glänzende Maske heraus, setzte sie auf, und sie saß perfekt. Kein Vergleich mit dem ausgeleierten Teil, das er zuletzt immer getragen hatte. Mütter können zum Fürchten sein, aber in manchen Sachen sind sie auch richtig gut.

»Wo wir gerade von Müttern reden«, sagte Pekka. »Meine fängt jetzt bald als Schuldezementin an, und der Schornstein wird unser neuer Direktor, hat sie erzählt.«

»Ehrlich?«, wunderte ich mich.

»Und wieso nicht unser Lehrer?«, wunderte sich Hanna.

»Denen bei der Gemeinde hat sein Bewerbungsschreiben nicht gefallen«, sagte Pekka. »Angeblich standen da nur neue Lehrerdienstränge vom Anfangslehrer bis zum Überoberdirektor drauf.«

Wir mussten ein bisschen lachen, weil wir jetzt

wussten, was der Lehrer beim Besuch der Präsidentin in seinen Taschen gesucht hatte.

»Und was passiert jetzt mit ihm?«, fragte Tiina besorgt.

»Nichts«, sagte Pekka. »Er bleibt unser Lehrer, und es geht alles weiter wie bisher.«

Wir schauten hinüber zum Haus des Lehrers und sahen ihn mit seinen Hunden um die Fernbedienung raufen. Die Frau des Lehrers beruhigte das weinende Baby, und Anna malte mit einem Lippenstift ein großes Herz auf die Fensterscheibe.

Pekka hatte recht. Es ging alles weiter wie bisher.

Inhalt

Timo Parvela, 1964 geboren, war lange und gern Lehrer, bevor er Schriftsteller wurde. Er schreibt für Erwachsene und Kinder und wurde dafür vielfach ausgezeichnet. Seine Ella-Bücher sind in Finnland Kult. Auch in Deutschland sind sie inzwischen Lieblingsbücher von allen, die beim Lesen (und Vorlesen) gern Tränen lachen.

Sabine Wilharm, 1954 geboren, studierte an der Fachhochschule für Gestaltung in Hamburg und arbeitet seit 1976 als freie Illustratorin. Für Hanser illustrierte sie bereits »Schinken und Ei« von John Saxby und »Eugen Eule« von Janwillem van de Wetering. Sie zeichnete außerdem von Anfang an den deutschen Harry Potter.

Anu und Nina Stohner sind Mutter und Tochter und haben alle auf Deutsch erschienen Bücher von Timo Parvela übersetzt. Neben den Ella-Büchern sind das auch die Bücher über Pekka, den komischsten von Ellas witzigen Freunden. Sie erscheinen seit 2015 unter dem Titel *Pekkas geheime Aufzeichnungen* ebenfalls bei Hanser.

»Ella gehört zu den wenigen Schulgeschichten, die man auch in den Ferien lesen will!«

Die Zeit

Die lustigsten Sachen passieren immer in der Schule, darum gehen Ella und ihre Freunde auch in der zweiten Klasse noch gern hin.

»Für alle, die beim Lesen und Vorlesen gerne lachen.«
Imma Wieck, Westdeutsche Allgemeine Zeitung

»Timo Parvelas Ella-Geschichten gehören zum Witzigsten und Originellsten, was die Kinderliteratur seit dem kleinen Nick hervorgebracht hat.« *Felicitas von Lovenberg, F.A.Z.*

»Von Ella bekommt man so schnell nicht genug.«
Jutta Seehafer, www.alliteratus.com

»Spannend, lustig und völlig verrückt.«
Christine Lötscher, Tages-Anzeiger

»Die Bücher sind Kult …« *Katharina Mahrenholtz, www.ndr.de*

Im Hanser Kinderbuch bereits erschienen:

»Ella in der Schule« (2007)
»Ella in der zweiten Klasse« (2008)
»Ella auf Klassenfahrt« (2009)
»Ella und der Superstar« (2010)
»Ella in den Ferien« (2011)
»Ella und die falschen Pusteln« (2012)
»Ella und der Neue in der Klasse« (2013)
»Ella und das große Rennen« (2013)
»Ella und der Millionendieb« (2014)
»Ella und ihre Freunde außer Rand und Band« (2014)
»Ella und die Ritter der Nacht« (2015)
»Ella und die 12 Heldentaten« (2016)

Alle Bände je 144 – 176 Seiten,
Gebunden
Auch als Hörbücher und E-Books lieferbar

»Voller Wortwitz, echtes Lesefutter für Leseanfänger.«

Christine Paxmann, Eselsohr

Pekka, der Dödel aus Ellas Klasse, erlebt die ulkigsten Abenteuer. Und klar: Die sind zum Schieflachen! Zum Beispiel, als Pekka ein Rendezvous für seinen Onkel Remu organisiert. Da erzählt Pekka dem Onkel was von einer Überraschung, zu der er ihn aber mit verbundenen Augen hinführen muss, weil es sonst ja keine wäre. Es ginge auch alles gut, würde Pekka den Onkel nicht kurz an einer Bushaltestelle abstellen, um sich ein Eis zu holen. Und würde nicht ausgerechnet da der nette Pfadfinder kommen und Remu in den Bus helfen. Natürlich in den falschen. Dumm gelaufen! Aber keine Angst: Das ist noch nicht das Ende ...

»Pekkas Aufzeichnungen sind voll von unfreiwilliger Komik, ekligen Ereignissen und komischen Missverständnissen.«
Antje Ehmann, Neue Zürcher Zeitung

Timo Parvela
Pekkas geheime Aufzeichnungen – Der komische Vogel
Aus dem Finnischen von Anu und Nina Stohner
104 Seiten. Gebunden
Als Hörbuch bei Igel Records erschienen

»Der finnische Starautor weiß genau, wie er die Kids zum Lesen bekommt.«

Kinderzeit Bremen

Pekka ist ein toller Fußballer, aber es gibt natürlich auch noch Messi. Oder Ronaldo. Oder Thomas Müller. Und weil er die in seiner Mannschaft gut gebrauchen könnte, schickt er ihnen eine Flaschenpost, dass sie bitte kommen und beim großen Ballzauberer-Turnier mitspielen sollen. Das machen die bestimmt, da ist sich Pekka sicher. Nur seine Freunde haben Zweifel. Sie wissen schließlich aus Erfahrung, dass bei ihm normalerweise alles schiefgeht. Auch diesmal sieht es wieder ganz so aus. Aber dann geschieht genau das, was Pekkas Wunderelf noch gefehlt hat: ein Wunder.

»Ein grundköstliches Kabinettstückchen, in dem die Erwachsenen ganz schön karikiert werden. Liebenswert, aber durchaus treffend. /…/ Echtes Lesefutter für Leseanfänger.« *Christine Paxmann, Eselsohr*

»Laurel & Hardy im Kinderbuch.«
Verena Hoenig, Neue Zürcher Zeitung am Sonntag

Timo Parvela
Pekkas geheime Aufzeichnungen – Die Wunderelf
Aus dem Finnischen von Anu und Nina Stohner
112 Seiten. Gebunden
Als Hörbuch bei Igel Records erschienen

Die Originalausgabe erschien 2011 unter dem Titel *Ella ja Sampan urotyöt*
bei Tammi in Helsinki.

Das Hörbuch *Ella und die 12 Heldentaten*,
gelesen von Friedhelm Ptok, erscheint bei Igel Records.

1 2 3 4 5 20 19 18 17 16

ISBN 978-3-446-25085-7

Aus dem Finnischen von Anu und Nina Stohner
Satz im Verlag
Druck und Bindung: Friedrich Pustet, Regensburg
Printed in Germany